一宿一飯《いっしゅくいっぱん》の恩義で竜伯爵様に抱かれたら、なぜか監禁されちゃいました！

登場人物紹介
characters
デュアロス・ラーグ
フィルセンド国で代々
異世界人を保護する役目を担う
竜伯爵家の当主。
生真面目で女性に対して
潔癖すぎる面を持っているため
【氷の伯爵】と呼ばれている。
宮《みや》坂《さか》朱《あか》音《ね》
電車に轢かれる！と
死を覚悟した瞬間、
異世界に転移していた短大生。
デュアロスに保護され
平和に暮らしていたが、
ある日彼の命を
救ったことをきっかけに、
てんやわんやの大騒動に
巻き込まれることに……

ミゼラット
デュアロスの遠縁の娘。
長年、デュアロスに想いを寄せている。
己の私利私欲の為には
手段を選ばないワガママお嬢様。
ラガート
自称デュアロスの
親友のチャラ系イケメン。
なにやら秘密が
あるようで……
ダリ
ラーグ家の執事。
デュアロスとアカネの
良き理解者。
ルミィ
ダリの娘（次女）。
恋バナ大好き女子その1。
リーナ
ダリの娘（四女）。
恋バナ大好き女子その2。

第一章　異世界人を迎えたラーグ邸は何かと騒《さわ》がしい。媚《び》薬《やく》事件に、監禁とか

「なぁーんで、こんなことになっちゃったんだろうなぁ……」

宮坂朱音《みやさかあかね》は、窓の向こうにある澄み渡った青空を見上げて呟いた。

ここは遥か遠い世界の、とある貴族のお屋敷の一室。別名、監禁部屋。ちゃーんと鉄格子もある。嬉しくなんかないけど。

この世に生を享《う》けて十九年、人様に迷惑をかけず、平凡という枠から一歩も出ていないのに、なぁーんでこんな牢獄で過ごさないといけないのか。

朱音は、有り余る時間のすべてを使って考えても、さっぱりわからなかった。

ただ、監禁された理由はわからないけれど、監禁されたきっかけはわかっている……つもりだ。まぁつもりなので、真相は定かではないが、それしか思い当たることがないので、きっとそうなのだろう。そうに違いないと思っている。

今を遡《さかのぼ》ること半月前、朱音は人助けをしたのだ。

このお屋敷の主《あるじ》であり、自分を保護してくれた恩人であり、朱音が淡い恋心を抱いている、デュアロス・ラーグ様を命の危機から救った。

綺麗な表現で言うなら、その身を捧げて。

身も蓋《ふた》もない言い方をするなら、一発ヤッて。

もちろん双方合意の上。痴女よろしく襲いかかってなんかいない。断じて違う。しかも、それは救命行為としてやったのだ。けれど、その後、この監禁部屋に放り込まれたのだから、やっぱりあの晩のことが原因だったのだろう。

（……何がいけなかったのかなぁ）

朱音は、部屋の大部分を占めるベッドにごろんと横になりながら、あの晩に至るまでのことを思い返してみた。


このご時世、異世界転移なんてよくあること。例に漏《も》れず、朱音もその一人だった。

短大生活二十五日目、バイトの面接を受けるべく急いでいた朱音は、今まさにホームに滑り込んできた快速電車に飛び乗ろうと全力で走っていた。

しかし履《は》きなれないヒールのせいで、グキッと足首を捻《ひね》りそのまま線路に転落。あわれ人の原形を留《とど》めずに十八年の人生に幕を下ろすことになる……はずだった。

けれども、うら若き乙女がそんな死に方ではあんまりだと誰かが祈ってくれたのか、それとも異世界でたまたま転生枠に空きが出たのか、もしくは神様が覚えたてのタブレットでタップ操作を間違えたのか。

兎《と》にも角《かく》にも、朱音は無傷でここフィルセンド国の竜伯爵様のご邸宅に着地することができたのだ。

もちろんこの世界に来た当初、朱音はまったくもって状況が理解できなかった。漫画にアニメにライトノベル——はたまた映画にもなっている異世界転移を自分がするなんて思ってもみなかったし、そうなった場合どうすればいいかなんて一度も考えたことはなかった。

けれど、転移してしまったものは仕方がない。

何かしらの方法で元の世界に戻ったとて、待ち受けるのは猛スピードで迫りくる電車だ。そして秒で、ジ・エンド。

それがわかっているから、朱音はアカネとなり、あっさり異世界生活を受け入れた。

幸運なことにアカネを拾ってくれたのは、デュアロス・ラーグ様といって、代々異世界からやってきた人を保護する役目を担《にな》う竜伯爵様だった。

といっても、ラーグ家が異世界人を保護するのは、お役目をいただいて以来初めての大イベント。彼らになんでそんな役目が与えられたのかは皆目《かいもく》見当がつかないが、着の身着のまま異世界転移をしてしまったアカネにとっては、有り難い限りの存在である。

そんなわけで、アカネもラーグ家のご当主様も使用人の皆々様も手探《てさぐ》りの状態で、異世界人を迎えた生活が始まったのだ。

前代未聞の異世界人との生活。ラーグ家側のご事情はわからないが、アカネにとってこの生活は思っていた以上に快適だった。

使用人の皆さんは優しく、初めての異世界生活でまごつくアカネのサポートを快く引き受けてくれる。ご飯も美味しいし、こちらさんにとっての〝当たり前〟を押し付けたりもしない。

ただ「お嬢様」と呼ばれることには未だに慣れないし、日常的にピアノの発表会のようなヒラヒラドレスを着せられるのは、動きにくくて、ちょっと気恥ずかしい。

でもそれは、居心地の悪さを覚えるほどのことじゃない。むしろ新鮮さを感じるくらいだ。

時々、一人ベッドの中で、もう会えない両親や友達、ずっと無課金で育てていたアプリゲームのモモンガを思い出して泣くときもある。そのたびに、何とかして自分がここにいることを伝える術《すべ》はないのかと考える。

しかし、ここフィルセンド国では異世界転移のメカニズムが解明されていないという。だから諦《あきら》めるしかないのだ。

ただそう簡単に諦《あきら》めきれないアカネは、最終的には電車に轢《ひ》かれた自分を想像して無理矢理納得させていた。

——つまるところ、異世界生活は自身のやるせない気持ちさえ無視すれば、とても穏やかだった。きっとこれから元の世界にいたときのように、同じことを繰り返す毎日の中で、ちょっとずつ学んで、成長して、いろんな選択をしていく生活が続くと思っていた。

しかし、アカネがこの世界に転移した春から半年が過ぎたとある夜、事件が起こった。

この世界に来てから推定十九歳を迎えて、ささやかなお祝いをしてもらって、庭園の木々が朱色や黄色に変化して。

「あ、この世界にも紅葉ってあるんだ」なぁーんてことを、メイドのお姉様たちとお喋《しゃべ》りなんかして。

　事件が起こったその日も、いつもと何ら変わらない夜のはずだった。

　美容効果のある香草が入ったお風呂に入って、寝間着《ねまき》に着替えて、ベッドに潜《もぐ》り込んで、さて寝ようとしていたとき、急にドアの向こうが騒《さわ》がしくなった。

　ラーグ邸にはたくさんの使用人がいる。住み込みで働く人ももちろんいるので、昼夜問わず人の気配はする。でも、皆さんお行儀良く、物音を立てずに日々お仕事に励んでいた。
なのに、扉を挟んだ向こうは、ざわざわがやがやと随分《ずいぶん》騒《さわ》がしい。こんなにうるさい夜は、ラーグ邸生活で初めてだった。

　ただならぬ気配を感じ取ったアカネは、寝間着《ねまき》のままショールも羽織《はお》らず廊下に出た。次いで、右を向いて、左に視線を移した瞬間、驚愕《きょうがく》した。

　あろうことか、このお屋敷の主《あるじ》であるデュアロス様が使用人三人に支えられて、よったよったと歩いていたからだ。

　お屋敷の主《あるじ》であるデュアロス・ラーグ二十六歳は、すらりとした長身の大変見目麗《みめうるわ》しい青年だ。齢《よわい》十九でラーグ家の当主になって以降、お城で色々大事なお仕事をして、領地なんぞも持っているので、そっちの管理も相当大変で。

　アカネにとって保護者でありながら、実はあまり顔を合わせることはない存在だった。けれど、それでもたまに顔を合わせれば一日ご機嫌でいられるほど、目の保養になる金髪紫眼のイイ男だ。

そんなイケメン当主が一人で歩けない状態でいる。

きっとラーグ家の皆さんにとっては、異世界人を迎えたときより大事件だろう。

気づけば、アカネは彼のもとに駆け寄っていた。

「ど、ど、ど、ど、どうしたんしゅか!?」

つっかかるわ噛《か》むわで聞くに堪えない質問に、デュアロスからは何の返答もない。

でも、悪意をもって無視をしているわけではなく、口を開くことすらできない状態のようだ。

そんな状況にもかかわらず、ぎこちない笑みを浮かべて、精一杯「大丈夫だよ」と伝えようとしている。

ただ、異世界人のアカネとて、大丈夫ではないことは簡単に見破れる。騙《だま》されるもんかと、今度は執事のダリに詰め寄った。

壮年のガタイがいいおじさん――ダリは、迷うことなくアカネにこう伝えた。

「若様は、何者かに強い媚薬《びやく》を飲まされました」

媚薬《びやく》――それは性欲を催《もよお》させる薬。

また、相手に恋情を起こさせる薬。ＥＤ治療薬とは似て非なるもの。

(なんでそんなもん、飲む羽目になったんだ!?　このお方はっ)

騎士の称号も持っているデュアロスは、年中帯剣してマントをはためかせているというのに、なんでそんなうっかりミスをしちゃったのだろうか。

アカネはまず最初にそう思った。

だが、額に脂汗《あぶらあせ》をかいて息も絶え絶えになっているデュアロスに、そんなことは人道的に言ってはいけない。それよりなんとか楽になる手だてはないのだろうか。

元の世界の知識を引っ張り出しながら、アカネはじっとデュアロスを見る。

「アカネ……夜中に騒《さわ》がしくして……すまない。わ、私は大丈夫だから……も、もう休むんだ」

言外に部屋に戻れ、とデュアロスはアカネに言ってくる。

しかし、アカネはそこから動かない。この騒《さわ》ぎですっかり目が覚めてしまったし、あらそうですかと回れ右をするほど薄情者でもない。

ただ、もう何を尋ねてもデュアロスは答えてくれないだろう。アカネは首を捻《ひね》ってダリに問いかける。

「どうやったら抜けるんですか？」

アカネは解毒方法はないのかと聞いたつもりだったが、なぜかここにいる全員は顔を赤らめ――えも言われぬ微妙な空気が廊下に充満した。

上手《うま》く説明できないが、強《し》いて言えば子供が無邪気に「あれ、なあに？」と〝大人のご休憩ができるホテル〟を指差したときに似ている。

つまり、何か一言でも口にすれば、墓穴を掘るようなエグイ空気なのだ。

その空気に、最初にギブアップしたのはデュアロスだった。

「……行くぞ」

ほとんど音にならない声で使用人たちを促《うなが》すと、よったよったと再び歩き出す。

ちなみに、デュアロスの部屋はアカネの部屋の隣なので、よろよろ歩きでも呼び止める間もなく自室に消えてしまった。

そしてすぐに使用人が出てきたかと思うと、すべてを拒むかのようにカチャッと鍵の締まる音が聞こえてきた。

「――あのう……デュアロスさん、大丈夫なんですか？」

本人は大丈夫と言っていたが、アレは交通事故にあった人が救急救命士に向け、「ひとまずあたの声が聞こえるくらいには大丈夫です」と言うのと同じ感じの〝大丈夫〟だった。

つまり全然大丈夫なんかじゃない。

ダリもアカネと同意見のようで「まったくもって大丈夫ではないです」と神妙な顔で頷く。

それからこう付け加えた。「アカネ様、あなたの力をお貸しください」と。

アカネにとってデュアロスは、この世界での第一発見者であり、保護してくれた恩人だ。そんな人が窮地《きゅうち》に陥《おちい》っている。助けたいと思うのは当然だろう。

だからアカネは迷うことなく頷いた。

「任せてください！　なんでもやります!!」

きっぱりと宣言したアカネにダリは恭《うやうや》しく礼を執《と》る。だが、顔を上げた彼が紡《つむ》いだ言葉に、アカネは仰天した。

「ありがとうございます。では、早速ですが若様のお部屋に向かってくださいませ。媚薬《びやく》のせいで、理性のない抱き方をされると思いますが、どうぞよろしくお願いいたします。あと……主《あるじ》に代わり、先にお詫び申し上げます」

「……だ、抱く？」

聞き間違いであればと思い問いかけたが、頭の隅で「そりゃあ媚薬《びやく》飲んだんだから、やることなんて一つしかないっしょ？」と呆《あき》れる自分がいる。

そんなアカネに、ダリは表情一つ変えずに続けた。

「さようにございます。媚薬《びやく》に解毒剤はございません。薬の効用が切れるか、または欲望を排出するか、その二択です」

「欲望を……排出する」

「はい。ちなみに、若様の媚薬《びやく》は見たところによると相当強いものです。もし仮に、このまま何もせず放置すれば、薬の効用が切れる頃には、間違いなく若様は命を落とすことでしょう」

「え!?」

非難めいた声を上げたのは、抱かれたくないからではない。

そんなヤバい薬を飲ませた相手と、うっかりそれを飲んでしまったデュアロスに向けてのものだった。

だが今、正体不明の犯人を責めても仕方がないし、ましてや命の危機に瀕《ひん》しているデュアロスを責めるなんてできるわけもない。だからアカネは覚悟を決めた。

——一宿一飯《いっしゅくいっぱん》の恩義で、デュアロスに抱かれようと。

といっても、百パーセント自己犠牲精神からではない。下心もちょっと混ざっている。

なぜならアカネは、デュアロスに淡い恋心を抱いている。そりゃあ助けられたっきり顔を合わせることすらままならないし、恋に落ちるようなエピソードなんて何もないけれど、気づけばアカネはデュアロスのことばかり考えていた。

もちろん、異世界人の自分が彼と結ばれたいなんて、おこがましいことは考えていない。絶対に無理に決まっている。でも好きなのだ。

当然、こんな機会じゃなければ彼に抱かれることはないだろう。

――ちなみにアカネはバージンではない。既に○・八回は経験済みだ。

なぜ一回と言い切れないかというと、お互い初めて同士で試行錯誤《しこうさくご》を繰り返していたら朝日を拝む羽目になり、疲労困憊《こんぱい》により力尽きたからである。

でも、ヤルという意思はあった。それなりに手順も踏んだ。

最後の関門だけクリアできなかったが、初めてのアレに対する緊張も恐怖もドキドキも味わっているから、○・八回くらいは済ましている。

その○・八回の経験と、恋している彼に抱かれたいという打算もあって、アカネは「さっそく、行ってきます！」と意気込んだ。

人命救助という大義名分を得たアカネの、好きな人に抱かれる期待とドキドキまで感じ取ったかどうかは、ご想像にお任せするとして、兎《と》にも角《かく》にもアカネの揺るぎない決心を受け取ったダリは、もう一度恭《うやうや》しい礼をし、姿勢を戻すと懐《ふところ》に手を入れ鈍色《にびいろ》の鍵を取り出した。

「若様の部屋の鍵にございます。今宵《こよい》一晩あなた様に託します。それと――」

ダリが一旦言葉を止めた理由は、アカネもすぐわかった。

使用人の一人が、小走りでこちらにやってきたからだ。手には何かを持っている。見たところ、香水のような洒落《しゃれ》た瓶《びん》だった。

（なんだろう？）

綺麗な入れ物なのはわかる。だがそれ以外はさっぱりわからず、アカネは無意識に首を傾《かし》げる。

「アカネ様、ささやかではありますが、わたくしからの支援物資でございます。お受け取りください」

使用人から瓶《びん》を受け取ったダリは、鍵と共にそれをアカネに差し出した。

「……あのう……つかぬことを聞きますが、これは何？」

未知なるものを手に取るのはちょっと勇気が必要なので、恐る恐るダリに問いかければ、壮年執事はさらりと告げた。

「潤滑油《ローション》にございます。挿入する際の補助薬と申したほうがよろしいでしょうか」

（わぁーお。ってか、こういうのは、どこの世界にもあるんだ）

ところ変われどやることはやるんだから、このようなものがあっても別段おかしくはない。

ただ、アカネの引きつった顔を見てダリは何を勘違いしたのか、具体的な使用方法の説明をし始めようとする。

「……大変、よくわかりました。ありがたく頂戴《ちょうだい》します！」

ちょっとは照れろよ！　と言いたくなるくらい事務的に差し出されたそれを、アカネはかっさらうように手に取った。

今更だがこの会話、イタすことを前提にしているのだ。それに気づくと、ものすごく恥ずかしい。……いや、するけど。

ただ、これだけは譲れない。

「絶対に、絶対に、絶っ対に、覗《のぞ》かないでくださいね！　あと、聞き耳立てるのも禁止ですから!!」

自ら抱かれに行くことは公認となったが、それ以降のプライバシーは何が何でも死守したい。

そんなアカネの悲痛な訴えは、ちゃんと壮年執事のもとに届いた。ギャラリーと化していた使用人たちにも、もちろん。

——こうして、アカネは自分の意思でデュアロスの部屋の鍵を開け、自分の意思でデュアロスに抱かれた。

その勇気ある行動が、確かに一人の青年の命を救ったのだった。

（ひゃあああっ、しちゃった！　しちゃったんだよね、私っ。ひゃあああー）

アカネはあの晩のことを思い出して、枕をぎゅーっと抱きしめると、ベッドの上で足をばたつかせた。

人命救助をした挙句に監禁された人間のリアクションではないのだが、アカネにとってあの晩のことは、一生忘れることができないセンセーショナルな出来事だった。

一晩かかってもイタすことができなかった過去が嘘のように、デュアロスとの行為はスムーズだった。

しかも「どうぞ」と言った瞬間から、がぶっと食べられるのかと思いきや、彼のテーブルマナーは洗練されていた。

触れるだけの口づけから始まり、時間をかけてイタす準備をしてくれた。

さすがに〇・八回しか経験していない自分には、ダリからの支援物資は不可欠ではあったが、そのお力を借りての共同作業はあまりにも順調で、途中で中断を求める必要もなかった。

いや、仮に必要があったとしても、あのときの自分にそんなことを申し出る余裕はなかった。とにかく凄かったから。

一回で終わると思いきや、身体をひっくり返されるは、持ち上げられるは……と、初心者では難易度の高いあれこれも彼の手にかかれば、いとも簡単にできちゃったりした。

夜の営みスタンプラリーなんぞがあれば、一晩で半分は埋まってしまったくらいに、色々やった。

その間、デュアロスはとても情熱的だった。

アカネが知っているデュアロスは、紳士的で儀礼的で、ちょっと遠い人だった。

なのに自分を抱いている間、デュアロスは絶えず気遣う言葉をかけつつも、赤面するような気障《きざ》な台詞《せりふ》を吐き、悲鳴を上げてしまうようなえっちい言葉を耳に落とした。

あの晩の出来事は、控え目に言っても最高に良かった。

しかもイタしている途中、堪らないといった感じでぎゅーっと抱きしめるもんだから、痛みとか恥じらいとか、そういうものが薄れて、ちゃっかり溺れる自分がいた。はしたない声を止めることもできなかった。

それが恥ずかしくてアワワアワワすれば、デュアロスはもっと聞かせてなどと囁《ささや》いてくる。聞かせるつもりはないが、そんなことを言われたらさらに声が出た。彼も自分ほどではないが、エロい声を出していた。最高だった。

ただ翌日はさんざんだった。そりゃあまぁ、朝方まで頑張ったのだから、身体の節々が痛むのは当然のことで。アカネはずっと寝ていた。しかもデュアロスの部屋で。

次の日も、ほぼ寝ていた。今度は自分の部屋で。

その後もしばらく、アカネは筋肉痛に苦しんだ。でも、名誉の筋肉痛は心地よいと思ってしまった。なお、言っておくが、アカネは誓って——ドＭではない。


とはいえ、十日も経てば筋肉痛は癒える。完全復活したアカネはデュアロスの救命行為をした十日後、ラーグ邸の庭でお散歩をしていた。

あてもなく庭園をぶらぶら歩くのは、このラーグ邸に保護されて以来の日課だ。庭師もメイドもにこやかに声をかけてくれる。

ただ先日の媚薬《びやく》事件でデュアロスを支えていた使用人の一人——ギルは、デリカシーが少々足りなくて、あからさまな言葉を使ってアカネにお礼と体調を気遣う言葉を送った。

対してアカネは、真っ赤になってギルの腕を叩いた。年も近く親しみやすい容姿のギルなら、遠慮なくそうできる気安さがあったもので。

そんなちょっとしたトラブル（？）はあったけれど、アカネはお散歩を楽しみ、それから東屋《あずまや》で一人優雅にティータイムをしていた。そこに、一人の赤髪の青年が現れた。

「よっ！　アカネちゃん、暇してるの？」

そんなチャラい感じで声をかけてきたのは、自称デュアロスの親友ラガートだった。

デュアロスと同い年のラガートは、長い髪をいつも肩より下で緩《ゆる》く結っている。他の人がするとだらしないそんなヘアスタイルも、長身で顔立ちが整っているので嫌味なく様《さま》になっている。

ちなみにラガートとアカネは、これまで何度も顔を合わせている。また、彼はそこそこ地位があるようで、ラーグ邸には顔パスで立ち入ることが許されていた。

だからアカネは警戒心を持つこともなく一緒にお茶を飲み、その後、ラガートからの提案で気分転換を兼ねて外出をした。

無論、黙って外出すればお屋敷の皆様が心配することはわかっていた。なので、一旦屋敷に戻り、ダリに「ちょっとラガートさんと遊んできます」と告げることは忘れなかった。

それから街に出たアカネは夕方まで買い食いを楽しみ、王都見物をして無事に帰宅し、一日を終えた……わけじゃなかった。

屋敷に戻ると、なぜかデュアロスが玄関ホールで待ち構えていて、あれよあれよという間に監禁部屋に放り込まれてしまったのだった。

「――……で、なんで監禁されてるんだろう、私」

そうなのだ、いつもこれなのだ。えっちいシーンを思い出して悶絶しただけで結局なにもわからないまま、時間だけが過ぎていく。

最終的にデュアロスの厚い胸板とか、割れた腹筋とか、自分を抱きしめた太い腕とかを思い返して、ひゃあひゃあと繰り返すだけ。

アカネは下心ありきでデュアロスに抱かれた。だからこんな監禁生活を強いられていても、抱かれたことを後悔していない。

ただ、理由を知りたいだけなのだ。できればデュアロスの口から言ってほしい。

でも、監禁されてから毎日ここに足を運ぶデュアロスは、何も語らない。言ったとしても、謎かけみたいなことばかり。遠回しに「自分で考えろ」と訴えているように取れる。一体彼は、何のためにやってくるのだろう。そして自分に何を気づかせたいのだろう。

そんなことをアカネは、この狭い監禁部屋でずっと考えている。

思考の樹海をさまよった挙句、毎度毎度あの夜の回想に悶絶して終わるけれど。

(……うう一ん、やっぱどうしたってアレしかないよね)

表情を浮かないものに変えたアカネは、枕を抱きしめたままため息をつく。

本当はなんとなく気づいている。デュアロスが自分を監禁している理由。でも、それを認めたくないのだ。

認めてしまったら、自分が惨《みじ》めになってしまうから。

アカネが出した答えは二つある。

一つ目は、保護対象である異世界人の自分を抱いたことを、デュアロスが公《おおやけ》にされるのを恐れている、というもの。

二つ目は、一つ目とほぼ同じであるが、媚薬《びやく》を飲んだという失態を演じ、また自分を抱いたことをとある人にバラされるのを恐れている、というもの。

どちらにしても、デュアロスは今回の件を闇に葬《ほうむ》り去りたいのだろう。

その気持ちはわからなくもない。誰だって自分の失態は隠したくなるものだ。

アカネとて、元の世界で失敗して誤魔化《ごまか》そうとしたことがあるし、バレなきゃラッキーなんて悪いことを思ったこともある。

ただアカネは、デュアロスに口止めされるまでもなく、この件を誰にも話さないつもりだった。

第一、話せる相手もいない。この世界に友達なんて一人もいないのだ。ぼっちなのだ。ニートでもあるのだ。

それはデュアロスだって知っているはず。

（……と、なると……やっぱ二番目のやつかぁ）

アカネは枕を放り出すと、ベッドに座りなおして肩を落とした。

デュアロスには恋人がいるのを、アカネは知っている。定期的にラーグ邸を訪れる、栗色の巻き髪がトレードマークの綺麗な女性だ。名をミゼラットという。

アカネも何度か顔を合わせたことがあったけれど、彼女は遠回しに「自分はデュアロスの恋人よ。

あんた勘違いしないでね」とマウント発言をかましてくれるのだ。

つまりデュアロスは、アカネの身体をむさぼって九死に一生を得たけれど、それを恋人のミゼラットに知られたくないのだ。

だから、自分をここに閉じ込めている。

と、アカネは思っているが、これはあくまでアカネ側の見解。真実はちぃーとばかし違ったりもする。

†

『デュアロスさん、どうぞ私を抱いてください』

媚薬《びやく》によるのたうち回りたくなるほどの苦しみの中、愛《いと》しい彼女の声を聞いた。

(ああ、これは幻聴だ)

正常ではない己《おのれ》から彼女の身を守るために、自分は自分の意思で部屋に鍵をかけたのだ。だからここに彼女がいるはずがない。

少しでも気を抜いたら彼女を傷つけてしまう確信があったから、わざわざ心配して様子を見に来てくれた彼女から逃げるように立ち去った。

でも、耳元で囁《ささや》く声はとても鮮明で、呻き声を上げながら目を開ければ、薄明かりの部屋の中で寝間着《ねまき》姿の彼女が不安げに自分を覗《のぞ》き込んでいる。

（……ああ、これは幻覚だ）

ついさっき見た彼女の姿が脳裏に焼き付いているから、こんなものを見てしまうのだろう。

でも幻とはいえ、こんな不甲斐《ふがい》ない自分を彼女に見られたくない。

「……部屋に戻りなさい」

デュアロスは精一杯、優しい口調で彼女を遠ざけようとした。

けれど心の中は彼女を抱きたくて、その身体をむさぼりたくて、激しい欲望が暴れている。

なのに、彼女はムッとした顔で首を横に振った。

「嫌ですよ。もう決めたんですから、抱いてください」

（……抱いて？　……は？　今、抱いてと言ったのか？）

幻の彼女が紡《つむ》いだ言葉が信じられなくて、デュアロスは目を見張った。と同時に、あまりに都合が良すぎる妄想《もうそう》に笑いたくなる。

でも媚薬《びやく》に蝕《むしば》まれた己《おのれ》には、もう冷静さも理性も残っていなかった。

「……自分の言っている意味がわかっているのか？」

「わかってますよ。だからデュアロスさんの部屋にいるんじゃないですか」

――もうこれ以上言わせないで。

彼女は明かりが落ちた部屋でもはっきりとわかるくらい、顔を赤らめていた。

（可愛い……愛らしい……ああ、自分のものにしたい）

この感情をデュアロスは、ずっとずっと抱えていた。

目の前にいる幻の彼女――アカネに向けて。


国が危機に瀕《ひん》した際、どこからか現れた異世界の人間に救われる――ということが、よくあることなのかどうかはわからない。

だが、ここフィルセンド国は、かつて隣国と領地をめぐり小競り合いを繰り返していた。そして、圧倒的不利な状況に陥《おちい》った際、突如として現れた異世界人の力を借りて、自国を護《まも》りきった歴史がある。

そのとき、異世界人の護衛を務めていたのが、デュアロスの祖先――後に竜伯爵と呼ばれる騎士だった。

ちなみに、なぜ竜伯爵というネーミングになったかといえば、異世界人がこの世界に舞い降りてきた日の空には竜の形をした雲が浮かんでいて、兵士たちが皆、異世界人のことを「竜の化身」と信じ、その側近を「竜の御遣《みつか》い」と呼んでいたから……らしい。

とはいえ、後に記される文献なんて、史実にちょっと色を付けて残すのがお約束。でも、文献を書いた人も、当時の兵士たちも、異世界人すらももう生きてはいないので、そういうものだと思ってほしい。なにせ六百年も前の話なので。

ただ、一度奇跡を目にしてしまうと、二度目も期待してしまうのが人間ってものである。

そんなわけで、フィルセンド国の国王陛下は当時、異世界人の護衛を務めていた騎士に言った。

「また異世界人が来てくれるかもしれないから、そのときはちゃんと面倒見るんだよ。他国にかっさらわれるようなヘマしないでね。万が一やらかしたら、一族の皆さんそろって首ちょっきんだよ」と。

一介の騎士が、ちょっと異世界人を護衛しただけで伯爵位をもらえるなんて、大出世だね！　なんて思わないでほしい。

言い換えると、子々孫々《ししそんそん》に至るまで厄介事を一手に引き受ける羽目になったのだから。

といっても、そう簡単には異世界人はやってこなかった。

ただ、エセ異世界人はわんさか湧いてきて、竜伯爵様になった元護衛騎士の末裔《まつえい》たちは、その対応に追われた。

どこの世界にも、中二病《ちゅうにびょう》を患《わずら》う人間はいる。一攫千金《いっかくせんきん》を狙う人も同じく。

「我こそは異世界人！」もしくは「うちの親族こそ異世界人」と名乗る連中の面接をし、すでに詐《さ》欺《ぎ》行為をしている者は牢屋に放り込み、イタい目で見られているだけの者には、軽く説教して保護者に迎えに来てもらう作業を繰り返していた。

もちろんデュアロスも、若くして爵位を継いでから竜伯爵のお仕事に励んでいる。ただ、正直言ってうんざりしていた。

特にデュアロスは歴代竜伯爵の中で、ダントツに顔がいい。

そのおかげで、中二病《ちゅうにびょう》や詐欺師《さぎし》の他に、己《おのれ》の恋のためなら手段を選ばない女子まで増えて、毎日てんてこ舞いだった。

（くそっ。異世界人という存在が、これほど厄介なものとは……）

国の窮地《きゅうち》を救ってくれた恩人であるから露骨《ろこつ》に暴言は口にできないが、デュアロスの不満は日々募っていく。

そんな彼は、ストレスという水がパンパンに入った水風船状態で、いつ破裂してもおかしくない状況だった。

しかし、それはアカネと会うまでの話。

いつものように仕事を終えて帰った夕暮れ時。ラーグ邸の庭で途方に暮れた顔でしゃがみ込んでいるアカネを見た瞬間、デュアロスはこう思った。

（ご先祖様、感謝いたします）

瞬《まばた》きを一つする間に現れた黒髪の女性は、ドンピシャでデュアロスの好みだった。

儚《はかな》げな容姿、もの憂《う》げな表情、派手に結いあげることをしないナチュラルな下ろし髪。

唯一、ふくらはぎを大胆に出しているスカート丈だけはいただけないというか、目のやり場に困るというか、似合ってはいるが絶対に他の誰にも見せたくないと思ったけれど、彼女は神様が己《おのれ》に与えてくれた贈り物だと思ってしまった。

そして誓う。この儚《はかな》げな女性を何からも守ると。

実際には、アカネは突如異世界に転移して唖然《あぜん》としていただけなのだが、人の目というのは大変都合よくできているので、彼がそう見えたのならそれが正解なのだ。

とにかくデュアロスは、アカネを見た瞬間から心を奪われた。

つい数分前に馬車の中で「異世界人、マジ厄介」なんてぼやいていたはずなのに、そんなものは都合よくすっぱり忘れて、恐る恐るアカネに声をかけた。

「……君は……どこから来たんだい？」

正直、手の込んだエセ異世界人であってもそれでいいと思っていたのだが、アカネはデュアロスの知らない、町なのか国なのか大陸なのかわからない名称を口にした。

それからこう言った。

「あの……私、どうしたらいいんでしょうか？」

こてんと首を傾《かし》げたアカネの仕草は、デュアロスにとってどストライクだった。

(ご先祖様、恩に着ます)

デュアロスは会ったこともない初代の竜伯爵にもう一度感謝の念を送り、アカネに向かってこう切り出した。

「どうもしなくていい。私の名は、デュアロス・ラーグ。君を保護する者だ。さぁ、おいで」

笑ってしまうほどぎこちなく差し出した自分の手を、アカネはあっさりと取った。

ちなみに、アカネがデュアロスに対して淡い恋心を抱いたのも、実はこのときだった。つまり二人は知らぬ間に、ほぼ同時に恋に落ちていたのだ。

ただデュアロスは、優れた容姿を持ちながら自己評価がとても低い。己《おのれ》を仕事ばかりしている、つまらない人間なのだと思い込んでいる。

そのため、アカネがラーグ邸で保護され、異世界人として第二の人生を歩むことになっても、極力彼女の前に姿を現さないようにした。つまらない男だと思われ、幻滅されるのが怖かったのだ。

それにデュアロスにとって、アカネとの恋は人生初めての恋でもあった。

だから片想いしている女性に対して、どう接していいのかわからなかったし、保護する立場でいる以上、あまり深く踏み込んではいけないと自制していた。

アカネの目には、デュアロスはとても多忙で、寝食もままならないように見えているが、実はそうではない。

もちろん、毎日お城でエセ異世界人の対応に追われているし、領地の管理もしなくてはならないし、騎士の称号も得ているから鍛錬《たんれん》を欠かすこともできない。

特にアカネを保護してからのデュアロスの鍛錬《たんれん》っぷりは、他の騎士がドン引きするほど鬼気《きき》迫るものだった。

騎士仲間からは「なんや、あいつ亡霊にでも取り憑《つ》かれて戦っとるのとちゃうか？」とか「あー、やっぱ竜伯爵の仕事でストレスの限界きてんだなぁ。可哀想に……」とか彼の身と心を心配する声が続出していた。

ちなみに、デュアロスから模擬戦を頼まれても、誰一人として受けて立つ者はいなかった。だって、無傷じゃすまないから。下手したら死ぬから。超、怖いから。

という彼のお仲間事情は置いておいて、とにかくデュアロスは多忙な身ではあるが、寝る暇もないほど忙しいわけではなかった。

ただ単に、アカネに近づく勇気がないゆえに遠巻きに見守っていただけで、毎夜、執事であるダリにアカネが日中どんな生活を送っていたか逐一《ちくいち》聞いていた。

ダリだって巨大な屋敷を取り仕切る多忙な身。そんでもって少々お年を召しているから、早く寝たい。正直「そんなもん直接自分で聞けよ」と言いたいところだろう。

しかし、ダリはデュアロスが幼少の頃から彼に仕えている。言葉に出さずとも主《あるじ》が初めての恋にまごついていることくらい容易にわかる。だから、眠い目をこすりつつ、主《あるじ》の望むまま懇切丁寧に報告するという日課をこなしていた。

そんな奥手で自己評価の低いデュアロスだけれど、顔がいいので当然ながら、とても女性に人気がある。

なにせ没落知らずの特別な爵位を持ち、女遊びもしなければ、ギャンブル依存症でもなく、金遣いも健全だ。そんでもって大事なことなのでもう一度言うが、顔がいい。

ここ数年、デュアロスは本人のあずかり知らぬところで、「結婚したい男ランキング」と「娘を嫁《とつ》がせたい相手ランキング」と「恋人にしたいランキング」と「どんな手段を使ってでもモノにしたい男ランキング」と「一回でいいから抱かれたい男ランキング」の一位を総なめにしていた。

しつこいようだが彼には、その自覚はない。アカネを保護してからは、より一層アカネ以外の異性に興味を持てなくなっていた。

だが、周りはそんなこと知ったこっちゃない。なぜなら竜伯爵のもとに異世界人が降り立ったという情報は公《おおやけ》にされていないからだ。しかし国王陛下には報告義務があるので、デュアロスはごく一部の者に限りアカネの存在を伝えていた。

その中には、アカネにマウント発言をかましてくれたミゼラットも含まれていた。

ミゼラットことミゼラット・コルエは、デュアロスの遠縁にあたる二十歳の女性だ。

そして彼女の父であるニベラド・コルエは子爵位を持つ宮廷貴族であり、現在はお城にて、エセ異世界人の対応窓口となってデュアロスの補佐を務めている。

つまりミゼラットは、デュアロスから直接アカネの存在を聞いたわけではなく、父親から情報を得たのだ。

ここで「ニベラド、口軽いな」と思うかもしれないが、フィルセンド国ではまだ守秘義務の徹底がなされていないので仕方がない。

ちなみにミゼラットは、デュアロスのことを好いている。いや、好いているなんていう生温《なまぬる》いものではない。絶対に彼の妻の地位を得たいと虎視眈々《こしたんたん》と狙っている。

狙ったところで、相手にも意思があるのだから思いどおりにいかないのが世の常なのだが、ミゼラット基準においては、ちょっとばかし違う。

なぜなら、女性に冷たい態度しかとらないデュアロスが、補佐の娘であるミゼラットとは儀礼的といえどあいさつ程度の会話をする。そこに他意は一切ないけれど、女性側はそうは受け取らない。

だからミゼラットは、己《おのれ》の容姿が人並み以上である自覚も加わり、なんだかんだ言ってデュアロスは自分を妻に選んでくれるものだと思っていた。いや、思い込んでいたというほうが正しい。

その自信はどこから来るのかと問いただしたいが、片想いしている最中、意中の相手は脳内に限って都合よく動いてくれるもの。

とはいえ、なかなか縮まらないデュアロスとの距離に、少々焦《じ》れてもいた。

そんなわけでミゼラットは、デュアロスが異世界人を保護したと父親から聞くや否や、あまり良くない頭を働かせてこんな策を練った。

名付けて「異世界人を利用して、デュアロスとの距離を一気に詰めちゃおう作戦」である。

何のひねりもないダサいネーミングであるが、これはミゼラットが考えたもので、彼女は「自分スゴイ！」と思っているので、そっとしておいてあげてほしい。

そんなわけでこのダサい名称の作戦は、誰にも突っ込みを入れられぬまま、始動することになった。


とっかかりとして、まずミゼラットはデュアロスにこう切り出した。

「もしよろしければ、わたくしが異世界の女性のお話し相手になりましょうか？（訳：異世界人の面《つら》を拝んで、人の男に手を出さぬよう釘を刺しておこう）」と。

その申し出に、デュアロスはかなり悩んだ。しかし、ミゼラットの次の言葉でつい頷いてしまった。

「ご安心ください。もし仮に内緒話をしたとしても、デュアロス様にきちんと、すべて、ありのままにお伝えさせていただきますわ」

アカネはラーグ邸に保護されてから、いつも笑顔だった。不満を訴えることなく、楽しそうに過ごしている。

しかしデュアロスは気づいていた。時折、アカネの目が赤いことに。隠れて泣いていることは明らかでありながら、それにアカネは触れてほしくないようだった。

だが年齢が近い女性同士なら、誰にも言えずにいる悩みや不安を打ち明けるのではないか、と思ってしまったのだった。

デュアロスをあっさり懐柔《かいじゅう》したミゼラットは、この時点で「やっぱり彼はわたくしのことを特別扱いしてくれているのね。うふふのふ」と都合よく解釈していた。

あとは異世界人に彼は私の男だからとしっかり釘を刺しておけばオッケー。でもって、念のためデュアロスには異世界人は男嫌いだと伝えておけば万事オッケー、ちょろいちょろい、とも思っていた。

しかしながら、デュアロスが特別扱いしているのはアカネだけであり、異性として見ているのもアカネだけ。

こう言っては失礼だが、ミゼラットはその他大勢のうちの一人であり、贔屓目《ひいきめ》で見ても都合よく動いてくれた補佐の娘という立ち位置でしかなかった。

その温度差に気づけないまま、ご都合主義のミゼラットはアカネの話し相手としてラーグ邸を訪問した。

結論から言うと、ミゼラットの思惑どおりアカネは彼女のマウント発言を信じ、デュアロスへの恋心は決して叶わぬものであると思い込んだ。

ミゼラットの計画は成功したかに見えた。でもただ一つだけ、決定的な誤算があった。

何の気なしにデュアロスの前でアカネの名前を口に出した途端、彼の表情がデレッデレになったのだ。

もちろんデュアロスはイケメンだ。スケベ爺《じじい》のように鼻の下を伸ばすことも、はぁはぁと変なタイミングで息を荒くすることもない。だが、手の甲で口元を隠してはにかんでいる。よく見ればちょっと耳が赤い。

これが何を意味するのかわからないほど、ミゼラットはおバカではなかった。

そして自分を含めた貴族令嬢たちが〈氷の伯爵様〉と密かに呼び、勝手にいつか自分の前だけでデレてくれる姿を妄想《もうそう》し毎晩うっとりしていた、あのデュアロスの心をあっという間に奪ってしまったアカネを心底憎んだ。

「異世界人だからって何よ、いい気になって！　わたくしがどれほど長い時間、デュアロス様をお慕《した》いしているかわかっているの⁉」

あまりの悔しさにミゼラットはそんなことを叫びつつ、ハンカチを歯で噛み締めた。

アカネからすれば「んなもん、知らんわ」状態であるが、恋に狂った女に何を言っても通じない。

ちなみにミゼラットは、「どんな手段を使ってでもモノにしたい男ランキング」に一票投じた女性である。

その情熱というか、独りよがりの想いというか、狂気は並大抵のものではなかった。だから諦《あきら》めることを知らないミゼラットは、禁じ手を使った——とある秋の夜、デュアロスに媚薬《びやく》を飲ませたのだ。

【異世界人のアカネ様の件で、急ぎお伝えしたいことがございます。大っぴらにお伝えできる内容ではございませんので、どうかお手数ですが、夜更けにわたくしの屋敷に足をお運びください】

こんな内容の手紙でデュアロスが食いつくかどうか、ミゼラットは自分でしたためながらも半信半疑だった。

ただ、もしデュアロスが手紙を受け取っても自分のもとに来なければ、彼にとってアカネはその程度の存在なのだ。

逆に来てしまったなら、もう媚薬《びやく》を飲ませて既成事実を作り、責任を取って結婚してもらう。

どちらにしても、ミゼラットにとって得るものはある。

手段を選ばずに意中の男を手に入れようとしている女にしては、少々こすい考えだと思うが、今回もまた彼女の中だけで完結してしまっているので、突っ込みを入れる者は誰もいない。

そんなロンリー激ヤバ思考に溺れるミゼラットだが、実のところ、この計画を実行するまでに半年近く時間を要した。

なぜそんなに時間を費やしたかというと、強力な媚薬《びやく》を手に入れるのが困難だったためだ。

彼女は危険思想の持ち主ではあるが、一応子爵令嬢である。街の裏路地——特に娼婦街の近くに入れば、怪しげな薬を扱う店はごまんとあるが、そこに行く口実も手段もなかった。意外に人目を気にするタイプなのだ。

それに、一回や二回アカネと会って、彼女から信頼された、秘密を打ち明けられたとデュアロスに伝えたところで、疑われることは間違いない。だからミゼラットは慎重に慎重を重ね、時期を待った。

随分《ずいぶん》気が長いと思われるかもしれないが、ミゼラットがデュアロスに片想いをしている期間は十年近い。

しかも、一回こっきりしか使えない奥の手を使うとなれば、慎重にならざるを得なかった。

ミゼラットとて焦《あせ》る気持ちは日に日に強くなっていく。だがぐっと堪《こら》えて待ち続け、持てるすべてを使って超強力な媚薬《びやく》を手に入れたのを機に、計画を実行することにした。


決行日は秋晴れのいい天気だった。彼に抱かれるには、もってこいの日和《ひより》だ。

手紙は報告書っぽい雰囲気を演出するため敢《あ》えて簡素な白い封筒を選び厳重に封をした後、何食わぬ顔で職場に向かう父に託した。

そこそこ仕事人間の父親が、上司宛の手紙を盗み読みすることはまずないだろうと判断して。

父を見送ったあと、ミゼラットはとても忙しかった。

今日のためにこっそり入手した夜の教本という名のエロ本を隅々まで読み、袋とじに記載されていた〝彼の心を鷲掴《わしづか》みにできる喘《あえ》ぎ声〟なるものをベッドにもぐって、こっそり練習した。

それから夕方になると早めにお風呂に入り、全身を磨き上げた。

なお、その日ミゼラットは夕食を抜いた。彼女は胃下垂なので食後にお腹がぽっこり出てしまうから。

そんな誰一人得にならない涙ぐましい努力をしていれば、いつの間にか夜の帳《とばり》が下りて、深夜と呼ばれる時間になった。

デュアロスが夜更けにミゼラットのもとを訪ねるのは、無論お忍びである。しかしながら彼女は子爵家のお嬢様なので、屋敷の中には協力者がいる。

手段を選ばず意中の男を手に入れようとしているミゼラットにとって、使用人の弱みの一つや二つ握って自分の手足として動かすことなどお茶の子さいさいなのだ。

――というわけで、デュアロスは青ざめるメイドの案内で、こっそりミゼラットの部屋に通された。

到着して早々にお茶をすすめられ、疑いもせずにそれを飲んだ。まさかその中に媚薬《びやく》が入っていることなど知らずに。

媚薬《びやく》が効き始めるのは、十数分後。その間、デュアロスを部屋から出さなければミゼラットの勝ち確定である。

足止め用に部屋の鍵は締めた。時間稼《かせ》ぎの与太話《よたばなし》も、それなりに用意してある。

それに、部屋着に近いドレスの下には大胆なデザインの下着を着込んでいるし、ベッドには初心者のための補助的なアイテムだって準備万端だ。

保険として〝異性をその気にさせるキャンドル（ハードタイプ）〟だってマッチ一つで点火できる。

（抜かりはないわ。だって、わたくしやればできる子だし）

そんなことを心の中で呟き、ミゼラットは淑女としても、人間としても、どうよ？　と思うような荒い息を吐きつつ、デュアロスの様子をじっと探《さぐ》った。

しかし、彼の表情は動かない。そろそろ薬の効き目で目が潤《うる》んできてもいいのに、宝石みたいな紫眼は冴え冴えとしている。まるで、よく切れる刃物のようだ。

あれ？　とミゼラットが首を傾《かし》げるのは当然のこと。そのリアクションを待っていたかのように、デュアロスは猫のごとく目を細めて口を開いた。

「随分《ずいぶん》、変わった味のお茶を出してくれてありがとう、ミゼラット嬢。しかしながら、私にはこういうものは効かない」

一切性的な匂いを感じさせないデュアロスの言葉で、ミゼラットは半年近い時間を費やした計画が音を立てて崩れていくのを感じた。

策は徒労に終わった。加えて彼女はデュアロスからの信頼も失った。

しかしながら、ミゼラットは諦《あきら》めが悪かった。いや、もう後がないと開き直った。

古今東西、ヤケクソ根性を丸出しにした人間というのは厄介で手に負えない。例に漏《も》れずミゼラットもそうで、彼女はおもむろに己《おのれ》の服を脱ぎ出した。

怒り心頭なのかもしれないデュアロスだって、所詮は男だ。ナニは付いている。

だからドレスの下に仕込んでいる淫乱下着を目にしたら、きっともう一人の彼が反応してくれるはず。だって、下半身は別の生き物らしいから。

要は、ベッドになだれ込んで既成事実を作れば、作戦は成功。ウェルカム、ラーグ伯爵夫人。そしてグッバイ異世界人！

そんな決意でもって下着姿で大胆なポーズを決めたミゼラットに返ってきたのは、こんな言葉だった。

「汚いものを見せるな」

ソファから立ち上がったデュアロスは、下着姿のまま狼狽《うろた》えるミゼラットを押しのけるようにして、ドアノブに手をかけた。

「え？　……デュアロス様……今なんと――」

「失礼する」

短く言い捨て、ドアノブに手をかけた瞬間、顔を顰《しか》めた。

扉には鍵がかかっていたのだ。しかも簡単に外すことができないよう、ロック部分には小細工がしてあった。

「これで私を閉じ込めたつもりか？　随分《ずいぶん》、舐《な》められたもんだな」

独り言にしてはトゲがありすぎる言葉をデュアロスが吐いたと同時に、バキッと破壊音が響いた。

デュアロスが、扉を蹴《け》っ飛ばしたのだ。

その勢いはすさまじく、たった一度の衝撃で扉はいとも簡単に開いた。とばっちりで被害にあった蝶番《ちょうつがい》が、なんでぇーと言いたげに悲しげに揺れている。

しかしデュアロスは、扉を破壊したことを詫びることなく、またミゼラットに向け言葉をかけることもせず、さっさとコルエ邸を後にしたのだった。


（……くそっ、なんて強力な薬なんだ）

帰宅途中の馬車の中で、デュアロスは脂汗《あぶらあせ》をかきながら必死に呻き声を抑えていた。

ミゼラットの前では「んなもん、効くか」と言い捨てたけれど、それははったりである。

でも、もうやせ我慢も限界だった。心臓が今にも壊れてしまいそうなほど暴れ狂っている。

お茶と共に摂取したのは、間違いなく媚薬《びやく》だ。しかも、毒にはある程度慣らしている己《おのれ》の身体が、ここまで苦痛を覚えるということは、かなり強力なもの。

今すぐにでも溢《あふ》れてくる欲望を吐き出したくて、仕方がない。

しかしデュアロスには、惚れた女がいる。たとえ片想いで、相手には保護者としか見られていなくても、デュアロスはその女性がいる世界で、手短に済ますことができる娼婦街に足を向ける気はなかった。

（耐えるしかない。……いや、耐えてみせる）

この状態で好いた女性がいる自分の屋敷に戻ることは、とても危険な行為だとわかっている。唯一の救いは、今が夜更けであること。

だから静かに自室に戻って、薬の効能が切れるまで一人じっと耐えれば、何も問題ない。

（そうか……私がこれまで騎士として鍛錬《たんれん》を積み重ねてきたのは、きっとこのときのためなのだ。なんかちょっと違う気もするけれど、きっとそうなのだ。そうに違いない。そうであってほしい）

残念なほど支離滅裂《しりめつれつ》な思考になっているが、デュアロスはそんな自分に気づいていない。

とにかく暴れ回る欲望を抑えてラーグ邸に戻り、自室に駆け込めば問題ないと思っていた。

なのにあと少しで自室というところで、絶賛片想い中の相手とバッタリ出会うなど、今の彼は想像すらしていなかった。


馬車が玄関に横付けされると同時に、蹄《ひづめ》の音を聞きつけた執事のダリが出迎える。

そして、デュアロスのいつにない様子に大体の状況を察し、腕っぷしのいい使用人を呼ぶと、物音を立てず慎重に主《あるじ》を部屋に運ぶよう命じた。

しかし誤算があった。腕っぷしがいい使用人は体育会系であり、揃いも揃って地声がでかかった。

「若様、大丈夫っすか⁉」

「お願いです、若様！　どうか死なないでくださいっ。お願いします‼」

「若様、さぁ俺にもっと体重を預けてください‼」

使用人たちは皆デュアロスを慕《した》っているし、苦悶の表情を浮かべる彼を心から心配している。

ただただ、心配する気持ちと声量がイコールになってしまっただけで、悪気はこれっぽっちもない。

だが身体中に媚薬《びやく》が回っている状態で、同性に触れられるのは心底気持ち悪い。加えて静かに運べと言われた命令をガン無視。うるさいったら、ありゃしない。

しかも媚薬《びやく》のせいで喉の渇きが抑えられず、つい下唇を舐《な》めたら、あろうことか使用人の一人がゴクリと唾を呑んだ。やめろ。

思わずギロリと睨《にら》めば、彼らは間違った方向にテンションを上げ、また叫び出す。もはやそれは獣の咆哮《ほうこう》に近い。

（お前たち、別に雪山で遭難したわけじゃないのに、そこまで声を荒らげる必要があるのか⁉）

理性なんてほとんど残っていないデュアロスであるが、それでも歯を食いしばり、苛立《いらだ》ちをぐっと抑えて歩く。右足と左足を二秒以内に交互に出さないと死ぬという暗示を己《おのれ》にかけて、ひたすら歩く。歩く。

それは使用人の気持ちも理解できるから……というのもあるが、ここで自分が「黙れ」と一喝すれば、騒《さわ》ぎはより大きくなることが目に見えていたからである。

デュアロスはこんな無様な姿を、アカネに晒《さら》したくはなかった。

ただでさえ仕事人間で面白みのない男に、みっともない姿が加われば、最悪「こんな気持ち悪い男の屋敷になんかいたくない」などと言われてしまうだろう。

それがなにより怖かった。

アカネの口から紡《つむ》がれる「気持ち悪い」という言葉は、どんな毒より強力で、どんな剣より切れ味抜群に違いない。

なのに……それなのに、薄暗い廊下から寝間着《ねまき》姿の彼女がひょっこり顔を出してきた。

しかもトコトコと小走りに近づいてきたかと思ったら、こう言った。

「ど、ど、ど、どうしたんしゅか⁉」

よくわからない言葉を叫びながら自分を覗《のぞ》き込んだアカネを見て、デュアロスはこう思った。

(寝間着《ねまき》姿初めて見た。たまらなく、可愛い)

一瞬、我を忘れてアカネを食い入るように見つめてしまったが、すぐに冷や汗が出た。しっかりと身体に異変が起こったのがわかったから。

アカネはショールすら羽織《はお》っておらず、胸元がわずかにゆるんだ寝間着《ねまき》姿で目の前に立っている。きっと騒《さわ》ぎを聞きつけて、ベッドから起き出してきたのだろう。胸の下まである髪は乱れており、媚薬《びやく》を飲んでしまった自分にはあまりに刺激が強い。

そのため、もう一人の自分が「え？　何？　呼んだ？」とむくりと起き出してしまっている。

(くそっ。お前なんかお呼びじゃない。引っ込んでいろ！　ハウスだ、ハウス‼)

全力で自分の分身を叱咤《しった》するが、こんなときに限って分身は反抗期のようで、ここにいたいと主張する。

デュアロスは死にたくなった。

今、目の前にいるアカネは、ただただ自分の身体を心配してくれている。

それなのに不埒《ふらち》な妄想《もうそう》を抱いて身体が反応したなど、あってはならないことだ。万死《ばんし》に値する。

万が一、この醜態《しゅうたい》が彼女に知られてしまったら、間違いなく自分は生きていけない。いや自決する。

そこまで追い詰められたデュアロスであるが、精一杯虚勢《きょせい》を張って「大丈夫」とアカネに笑みを返す。ちっとも大丈夫ではないけれど。

しかし、アカネはそれでは納得できないようで、こともあろうに執事のダリにどうしたんだと詰め寄る始末。

デュアロスは額に違う意味の汗を浮かべながら、すぐさまダリに視線だけで「何も答えるな。上手《うま》く誤魔化《ごまか》せ」と命ずる。

しかし、普段なら言葉で言わずとも自分の意図を汲み取ってくれる執事は、アカネに向けて言った。「若様は、何者かに強い媚薬《びやく》を飲まされました」と。

薄暗い廊下で、アカネが小さく息を呑む気配が伝わってくる。

次いで「え？　なんで？」と妙に冷静な呟きを聞いて……デュアロスは、社会的に死ぬとはこういうことかと身をもって知ってしまった。

項垂《うなだ》れるデュアロスを隠すように、使用人たちがさっと前に立つ。

こんなに心が打ちひしがれているというのに、もう一人の自分だけはなぜか元気いっぱいで、デュアロスはできることなら言うことをちっとも聞いてくれない分身を、力の限り張り倒してやりたかった。

とはいえ、反抗期のもう一人の自分をどうすればいいのか頭を悩ませたところで、媚薬《びやく》が全身に行き渡っている今の自分では、まともな答えに辿《たど》り着けるわけがない。

最悪、最も言ってはならないことを口にしてしまう恐れがある。いや、彼女を抱きたいという意思が声になり、今にも喉から溢《あふ》れそうだ。

そんな汚い言葉を、アカネに聞かせるわけにはいかない。それを匂わせる言葉を一言でも吐いてしまえば、終わりだ。

だからデュアロスは、じっとこちらの様子を窺《うかが》っているアカネに、精一杯の虚勢《きょせい》を張る。

「アカネ……夜中に騒《さわ》がしくして……すまない。わ、私は大丈夫だから……も、もう休むんだ」

今、これを見ていた神様から「あ、お前、嘘ついたね。はい地獄行き」と沙汰を下されても文句は言えない。

ちっとも大丈夫ではないし、部屋に戻ってもほしくない。傍にいてほしいし、この激痛に近い疼《うず》きをなんとかしてほしい。

そう切望しているが、己《おのれ》が紡《つむ》いだ言葉は別のもの。貴族の家に生まれ厳しい教育を受け、騎士として心身を鍛《きた》えて、それでも己《おのれ》の分身を抑えられないデュアロスができるこれが最後で最大級のアカネへの配慮だった。

なのに、アカネはこの場から動かない。しかもまた、ダリに向かってとんでもないことを尋ねたのだ。

「どうやったらヌケるんですか？」

（なんてあけすけなことを言ってくれるんだ⁉）

媚薬《びやく》に解毒剤はない。楽になるための方法は一つしかない。

しかしその方法は千差万別だ。男と女の数だけ、やり方はある。ただそれを端的に聞かれた側は、正直言ってたまったもんではない。

それなのに敢《あ》えてやり方を尋ねるということは……と、デュアロスがここまで考えた瞬間、彼は絶望の淵《ふち》に立たされた。

(ま、ま、まさか……アカネは、私のことを仕事人間のつまらない男と思っているだけではなく、通常の方法では満足できない、とんでもない変態だと思っているのか⁉)

言っておくがアカネは純粋に解毒方法を尋ねただけ。

異世界生活を始めて半年、さすがに夜の営みに関する情報共有などしていないし、元の世界でも媚薬《びやく》とは無縁の生活を送っていたのだ。

だが、使用人たちもダリも、アカネの問うた意味を大いに勘違いし、えも言われぬ微妙な空気が廊下に充満する。

その空気に、デュアロスは耐えられなかった。

「……行くぞ」

よく言えたと自分を褒《ほ》めつつ、デュアロスは使用人たちを促《うなが》すと、ふらつく足を叱咤《しった》して再び歩き出す。

もう一人の自分が「えー」と不満の声を上げるが無視する。こっちだって辛いんだ。色んな意味で。

逃げるように部屋に一歩足を踏み入れると同時に、使用人たちを追い出し鍵をかけた。次いで、崩れるようにベッドに倒れる。

（……くそっ。寝間着《ねまき》姿を見たせいで、余計に苦しい、辛い。……でも可愛かった）

うつ伏せの姿勢でデュアロスは、ぎゅっとシーツを握り呻き声を殺す。

これからは孤独な闘いになるであろうと覚悟を決めたデュアロスだが、その数分後、ひょっこり姿を現したアカネを見て、その覚悟は一瞬で崩れ去ることになった。

†

（……結局、誘惑に勝てずに彼女を抱いてしまった）

ラーグ邸の執務室にいるデュアロスは一人、あの晩のことを思い出していた。

そんな彼は、執務机に両肘を立て、指を組んだ両手に額を当てている。その様は、苦悶しているようにしか見えない。

だがしかし、頭の中は随分《ずいぶん》とハレンチな内容で埋めつくされていた。

言っておくが、彼はむっつりスケベではない。多分。

だが、そんな彼の頭がピンク一色になってしまうほど、あの晩は、デュアロスにとってセンセーショナルな出来事だったのだ。

アカネから抱いていいと言質《げんち》をもらったとはいえ、デュアロスは彼女を娼婦扱いする気はなかった。アカネ自身にも、そんな気持ちで抱かれてほしくなかった。

だからまず、彼女に触れるだけの口づけを落とした。

フィルセンド国では、娼婦に口づけをするのはご法度《はっと》である。

逆に言えば、口づけを受け入れてくれた時点で、アカネのことを娼婦ではなく一人の女性として抱いていいといえる。

結果として、アカネは口づけを受け入れてくれた。嬉しさのあまり、ついディープなヤツをしても彼女はちゃんと受け入れてくれた。もう、そこからは変態と思われないように必死だった。

デュアロスは女性を抱くのは初めてではない。でも「じゃあ、いつ抱いたの?」と聞いてはいけない。……夜の営みにおいて、男性は女性をリードしないといけないのだ。いつか出会う運命の人のために練習は必要になる。

そしてあの晩こそが、デュアロスにとって「いつか出会う運命の人」との初めてだったのだ。

そんなわけで、彼は自分の持てるすべてを使って、アカネの身体を隅々まで愛した。

がっつきたい気持ちを必死に抑え、変態と思われたくない一心で、スマートにかつスタイリッシュにアカネをベッドの中でリードした。

その最中、アカネはこれ以上ないほど可愛らしかった。

はにかみながらも、反応が良く、頭がおかしくなりそうなほど甘い声を出す。死ぬときを選べるなら、今がいいと思えるほど、デュアロスにとって最高の時間だった。

ただそんな夢のような最中、ちょっと気になることが一つだけあった。

長い長い前置きをしてから『いざ』となったとき、アカネが「コレ使って!」と、どこに仕込ませていたのかわからないが謎の小瓶《こびん》を押し付けてきたのだ。

二拍おいて瓶《びん》の中身が何かわかった。初めての女性を労《いたわ》るマストアイテムだ。

どうしてアカネがそんなものを持っているのか疑問に思ったが、媚薬《びやく》におかされていた自分は深く考えなかった。

けれど、この言葉だけは今でも鮮明に覚えている。

「ごめんなさいデュアロスさん。私ね、ここからは初めてなんだ」

小瓶《こびん》を押し付けた際にアカネが言った台詞《せりふ》は、作り物めいたものではなかった。本気でこの後すぐに味わうであろう痛みに怯《おび》えたからこそ口にしたものだった。

（……つまりアカネは、誰かと途中まで経験していたということか）

デュアロスは、自分があの夜のために練習してきたことなどちゃっかり棚に上げて、ぐっと眉間《みけん》に皺《しわ》を寄せた。

なんだと、お前だってしてんじゃん！　という厳しい批判はどうか待ってほしい。

ここフィルセンド国の女性は、結婚するまでは純潔を護《まも》り、嫁《とつ》いだ相手に捧げるのが良識であり、大衆倫理なのだ。また貴族の男女に至っては、十歳も過ぎれば素手で手を握り合うことすらはしたないことだと教えられる。

デュアロスは貴族の家に生まれ、嫡男《ちゃくなん》として厳しい教育を受けてきた。だから、アカネが異世界人だとわかっていても、どうしたって己《おのれ》の固定観念を捨てることができない。

しかし、デュアロスはあの晩、そんな気持ちに蓋《ふた》をして生まれて初めて心から愛《いと》しいと思える女性を抱いた。

本来ならどんな強力な媚薬《びやく》とて、一度イタすことができれば少しは気持ちが落ち着くもの。しかしながらデュアロスは、一度イタしても落ち着くどころか飢えた狼のように、アカネを求めてしまった。

華奢《きゃしゃ》な身体をうつ伏せにして染み一つない背中に口づけを落とし、腰をつかんだ。また、より密着したいという欲望からアカネを己《おのれ》の膝《ひざ》に乗せた。

他にも、くったりと横向きに寝そべったアカネに寄り添うように自分の身体を横たえると、そのままの姿勢で貪《むさぼ》った。

媚薬《びやく》の効能はとっくに切れていたはずなのに、何度アカネを求めても飢えがとまらなかった。

あの晩の自分は、何かに急き立てられていた。いや、ずっとずっと我慢していた心のたがが外《はず》れてしまっていた。

愛する人と肌を合わせる喜びは想像以上のものだった。控えめに言って、ものすごく良かった。身も心も満たされるとはこういうことかと、言葉ではなく直接身体で理解した。

そんなわけでデュアロスは、明け方近くまでアカネを求め、求め、求め続け、ようやっと眠りについた。もちろん、しっかり彼女を自分の腕の中に抱き込んで。

夜が明けて、小鳥がチュンチュン鳴く声で目が覚めたデュアロスは愕然《がくぜん》とした。

明るい部屋の中、二人の衣類は床に散らばり、あろうことか中身が空になった小瓶《こびん》が転がっていた。

しかも自分の腕の中で眠るアカネの身体には、昨晩愛し尽くした証《あかし》として、腕に、うなじに、胸元に……薄紅《うすべに》色のアザが散っていたのだ。

（最悪だ！　ここまで野獣と化していたとは）

媚薬《びやく》が完全に抜けた彼が直面したのは、軽蔑《けいべつ》すべき己《おのれ》の姿だった。

容赦ない現実に打ちのめされたデュアロスは、半《なか》ば無意識にアカネからそっと腕を離すと、上半身を起こして項垂《うなだ》れた。

身体を動かした際に、シーツの隙間《すきま》から見えた染みが痛々しい。どうしたって「なんてことをしてくれたんだ！」と自分を罵《ののし》っているように見えてしまう。

（……もう終わりだ。節操の欠片《かけら》もなく彼女を抱いてしまったのだ。完璧に自分はアカネに嫌われてしまった）

昨晩のアレコレが無駄に色鮮やかに思い出され、デュアロスは情けなさのあまり、ぐっと拳《こぶし》を握りしめた。

さぞや辛かったであろう。痛かったであろう。逃げることもできず、怖かったであろう。

アカネが受けた痛みは、男である自分では一生味わうことができないもの。そのため、どうしたって想像の範囲でしかわからない。

そんな現実に打ちのめされたデュアロスは、今すぐにでも死んでしまいたいと切望する。

けれど、ここでスピスピ眠っていたアカネがもぞっと動いた。次いで、ぼんやりと目を開ける。

「……あー、デュアロスさん、おはようございます」

枕に半分顔をうずめてふにゃりと笑うアカネを見て、デュアロスは「この可愛らしさは、悩殺レベルだ」と、胸をキュンとさせる。と同時に、そんな自分をやっぱり殺したくなった。

そんなデュアロスの苦悩などちっとも気づいていないアカネは、ふわぁーとあくびをして、再び口を開いた。

「あの……今日は朝ごはん、いらないです。眠いんで……」

「ああ、わかった」

デュアロスが反射的に返事をしたときには、アカネはもうスピスピと寝息を立てていた。

その寝顔はとても無邪気であどけなく、昨晩の苦痛を微塵《みじん》も感じさせないものだ。

(……は？　私に言いたいのは、朝食のことだけなのか？　……は？)

デュアロスは乱れた毛布をアカネにかけ直しながら、何度も首を捻《ひね》った。てっきり目覚めるや否や、罵詈雑言《ばりぞうごん》を浴びせられると覚悟していたというのに。

起きてからデュアロスをずっと悩ませていたのは、小瓶《こびん》を差し出すと共に告げられた「私ね、ここからは初めてなんだ」というアカネの台詞《せりふ》。

ここフィルセンド国の貴族たちは、物心がついた頃には、男女が触れ合うことははしたないと教えられる。だが、何事も例外がある。たとえば、近い将来結婚すると決めた男女――つまり婚約者同士の場合は、ある程度の触れ合いが許される。

すなわち、アカネの「私ね、ここからは初めてなんだ」という台詞《せりふ》は、アカネには既に婚約者がいたということだ。それなのにデュアロスはアカネの身体を貪《むさぼ》った。しかも一度ならず、一晩に何度も。アカネには結婚を約束した相手がいたのに。

そんなことを悶々と考えていたから、まさか食事の話をぶっこまれるとは思いもよらなかったし、秒で二度寝されるなど考えもしなかった。

昨日から続く予測不能な展開に、デュアロスはここ数年経験したことがないほど混乱している。だがしかし、心地よい寝息を立てているアカネを揺り起こす真似などできるわけもなく——結局、デュアロスは気配を消して、そっと身支度を整え、仕事へと向かった。

もちろんダリに朝食の件を伝えることは、忘れずに。

言っておくが、デュアロスは、この媚薬《びやく》の一件から目を逸《そ》らしたくて逃げたわけではない。一人の男として早々にやるべきことがあったから、城に向かったのである。

デュアロスは固い決意を持って王城に向かった。

いや、いつも仕事で来てんじゃんとお思いかもしれない。確かにそのとおりである。しかしながら、本日デュアロスが王城に向かうのは、仕事など二の次、三の次。いの一番で国王陛下に謁見《えっけん》するためである。理由はもちろん、異世界人であるアカネを妻にする許可を得るため。

媚薬《びやく》の効能でもう一人の自分が元気一杯であろうとも、アカネの寝間着《ねまき》姿に悶絶しようとも、デュアロスはこれまで女性に対して誰よりも潔癖《けっぺき》であった。

竜伯爵という名はお飾りではない。爵位を持つ男が己《おのれ》の意思でもってアカネに触れた。それすなわち、自分の伴侶にするという覚悟の上だった。

だが結婚の許可を得る際に、その身をもって自分を救ってくれたアカネに対して責任を取るため、などとは言いたくない。デュアロス自身がアカネを妻にできることにこれ以上ないほどの喜びを覚えているのだから。

ただ、アカネは異世界人である。

オシャレとスウィーツとスマホの無課金ゲームをこよなく愛するごくごく普通の女性ではあるが、デュアロスにとっては女神であり、美しさの象徴であり、可愛いの権化《ごんげ》であり、また国王陛下からすれば、六百年ぶりにこの世界に舞い降りてくれた尊き存在なのである。

同時にこの国のご事情として、国王陛下の息子――殿下と呼ばれる者が独身生活を謳歌《おうか》しており、ここ最近の国王陛下の悩みは息子の妻を誰にするかということで。

そんな状態で、まるで図ったかのように異世界人（しかも年頃の女性）が舞い降りてしまったら、これぞまさしく息子の嫁に！　となるのは無理からぬ話だった。

だからこそデュアロスは取るものも取り敢《あ》えず、国王陛下のもとに向かった。既成事実を遠回しに伝え、今後一切、アカネを次期王妃になどと思わせないために。

もちろん、王妃候補に手をつけたのだ。不敬罪と判断されても致し方ない。差し出せるものは、爵位だろうが領地だろうがすべて差し出すつもりだった。ただ、アカネだけは譲れない。

（最悪すべてを捨てて国外逃亡も辞さない）

揺れる馬車の中、思いつめたデュアロスは、そんなことまで考えていた。

いつもどおりの場所で馬車を降りると、逸《はや》る気持ちからデュアロスは駆け足で城内へ向かおうとする。

だが駆け出してすぐ、ざっと人影が現れたかと思ったら、行く手を阻むように自分の足に絡みついてきた。

「此度《こたび》のこと、ミゼラットから聞き出しました。まことに申し訳ございませんでした!! 我が娘に、なにとぞ慈悲を!!」

条件反射で振り払おうとしたが、悲痛な声を上げたのが見覚えのある人物であることに気づき、デュアロスは間一髪で蹴《け》りを押しとどめた。

デュアロスの行く手を遮《さえぎ》ったのは、ミゼラットの父であるニベラド・コルエであった。

彼がみっともなく縋《すが》りつくのも無理はない。昨晩、デュアロスが扉を蹴破《けやぶ》った破壊音はすさまじく、コルエ邸の隅々まで届いてしまった。既に就寝中だったニベラドのもとにも、もちろん。

その結果、ニベラドは夜襲を受けたと勘違いし、まずは愛《いと》しい娘が無事かどうかを確認しにミゼラットの部屋に飛び込んだ。

その結果、淫乱極まりない下着を身に着けて呆然としている娘を見てしまった。そういうとき、父親がどんな表情になるかはご想像にお任せする。

ただ、ミゼラットから無理矢理に事の詳細を聞いたニベラドは、本気で心臓が止まるかと思った。色んな意味で。

その後、中年に差しかかった身体に鞭《むち》を打って、彼は夜中にラーグ邸へと謝罪に向かったが、けんもほろろに追い返され、夜通し王城にてデュアロスの到着を待っていたのである。

しかしながらデュアロスはとても急いでいた。この一件の発端となったミゼラットの存在をすっかり忘れてしまうほどに。

だから娘の不始末を詫びる補佐に対して、怒鳴りつけることも、どう落とし前をつけるのか？と脅《おど》すこともせず「お前に一任する」と言い捨てて、ニベラドの腕を振りほどき王城内へと消えていった。

その結果、ミゼラットは、王都郊外の修道院で行儀見習いという名の謹慎をすることになる。

そのまま修道女になるかどうかは今後の展開次第、また猪突猛進《ちょとつもうしん》な彼女の性格が穏やかになるかどうかは、まさに神頼みであった。

軽いアクシデントはあったものの、デュアロスは無事王城に足を踏み入れた。

何事だと騒《さわ》ぐ官僚の一人をひっ捕まえて強引に謁見《えっけん》の手配をさせ、あくびを噛《か》み殺す国王陛下に「彼女の魅力に我慢ができず、ついに手を出してしまった。既成事実を事後報告するのは、大変遺憾《いかん》ではあるが、どうかアカネとの結婚を認めてほしい」と訴えた。

真面目で堅物、女性に対して異常なほど潔癖《けっぺき》であったデュアロスが、下半身の暴走により婚前交渉をした。

この事実を耳に入れたときの国王陛下の顔は見ものだった。きっと末代まで語り継がれるであろう、間抜けな顔だった。

しかし、その三秒後、国王陛下は額に手を当て天を仰ぐと「こりゃあ、参った！」と言って大爆笑した。

国王陛下は、それ以上何も聞かなかった。ひたすら笑いをこらえながら、大臣を呼びつけ、国王陛下直筆の婚約証明書を発行して、デュアロスに手渡した。

ついでに「君も一応男だったんだな」と余計な一言も付け加えて。


無事、国王陛下から婚約証明書をもぎ取ったデュアロスは、生真面目な性格ゆえに、その後通常業務をこなしてから帰宅した。

急ぎ足で自室の扉を開けると、アカネは寝ていた。しかもデュアロスのベッドで枕を抱きながら爆睡していた。

メイドの証言によると、アカネは昼間に一度は起きたのだが、動くのが辛いということでデュアロスの部屋で湯を浴び、ちょっと目を離した隙《すき》に、綺麗に整え直したベッドにダイブしてそのまま寝息を立ててしまったらしい。

あまりに気持ちよさそうに寝ているし、執事のダリから訳知り顔で「寝かせてあげなさい」という指示も受けたので、そのまま放置してしまったとメイドは申し訳なさそうに報告した。

正直、肩透かしを食らった気分だった。内ポケットに入っている婚約証明書も心なしかへなっている気がする。

でも、デュアロスはそれらを凌駕《りょうが》するほどご機嫌だった。自分の部屋の、自分のベッドで警戒心を持つことなく、無防備に寝顔を晒《さら》してくれるアカネを見ることができて。

そんなわけでデュアロスはアカネにベッドを譲り、自身は一晩執務室のソファで過ごした。翌日、アカネが朝食をちゃんと食べた後にプロポーズをしようと心に決めて。

なのに、未遂に終わった。理由は情けなくも、デュアロスの自己評価がとても低い、というもの。寝心地の悪いソファが消極的な自分を刺激し、「アカネは元の世界に婚約者がいたのだろう。もしかしてその相手を恋慕《こいした》っていたのかもしれない。なのに彼女の心を無視してこんな証明書を用意してしまった……。はたして自分との結婚は、彼女にとって幸せなのだろうか。ただただ苦痛なだけかもしれない」と不安に駆られてしまったのだ。

デュアロスが一体どうしてそこまで自己評価が低いのかは謎であるが、この世には一体どうしてそこまで自己評価が高いのかと聞いてみたくなる人もいるので、世の中そんなものなのだろう。

ただデュアロスがアカネを抱いた後、一度も二人が顔を合わせていないことは大問題だった。

ちなみにアカネは、抱かれた翌日の朝の会話をまったく覚えていない。

だからアカネはデュアロスに避けられていると勘違いしていたし、デュアロスはアカネの本心を聞かなければならないけれど、怖くて一歩が踏み出せない状態でいた。

しかしアカネが勘違いしていようとも、デュアロスがもだもだしていようとも、時間は平等に進んでいく。

そんな状態が幾日も過ぎて『監禁』という決定的な事件の当日を迎えてしまったのだ。

その日デュアロスは出勤してると思いきや、なんと自宅のラーグ邸にいた。

執務室の窓から、アカネが庭を散歩しているのをこっそり見守っていたのだ。もはやストーカーである。

秋の控え目な色彩を放つ花壇にいるアカネは、安定の可愛さだった。

けれども、使用人の一人とじゃれ合う姿を見た途端、デュアロスは胃の少し上のあたりに焦《こ》げ付くような痛みを覚えた。

それが何なのか――恋に不慣れな残念イケメンは少し遅れて嫉妬《しっと》だと気づいた。

（ありえない。……まだ恋人と呼ぶ権利すら得ていない相手に対して、そんな独占欲を持つなんて）

胸のあたりをぎゅっと掴みながら、デュアロスは己《おのれ》の狭小さを恥じた。だが、そんな彼は更なる嫉妬《しっと》に襲われることになる。

「若様、アカネ様がお出かけになりました」

淡々と告げた執事の表情は、絵に描いたような『無』だった。

ダリは、デュアロスが幼少の頃から傍にいる存在である。ある意味、デュアロスに対して遠慮を知らない彼が感情をすべて消すということは、よほどのこと。

だから、デュアロスは震える喉を叱咤《しった》して言った。「包み隠さず、すべてを話せ」と。

ご主人様の命令に逆らうことはできない執事は、そっと目を逸《そ》らしてありのままにこう告げた。

「アカネ様は〝ちょっとラガートさんと、遊んできます〟と言って行く先を告げずに出ていかれました」

その瞬間、デュアロスは一気に押し寄せてきた憤怒と嫉妬《しっと》で、強い眩暈《めまい》を覚えた。

もし仮に、アカネと出かけた相手がラガート以外の者だったら、デュアロスはうじうじと執務室で拗《す》ねるだけで済んだだろう。

いやもしかしたら、一人で勝手にやけっぱちな気持ちになって、アカネに求婚できていたかもしれない。

しかし、相手がラガートだったせいで、事態は思わぬ流れとなる。

「ダリ、すぐに例の部屋を用意をしろ」

短く言い捨てたデュアロスに、ダリは何かを言いかけた。しかし、有無を言わさない視線に言葉を呑み込み、執務室を後にした。

例の部屋とは、現在アカネが監禁されている部屋のことである。

ちなみにこの部屋は、本来監禁のために使われる部屋ではない。有事の際に、異世界人を護るために作られたもの。

その扉は大変堅固で、ちょっとやそっとじゃ開くことはできない。また、たとえ王族とてこの扉を開けろと命じることはできない。

開閉の権限を持つのはただ一人——竜伯爵その人だけであった。

第二章　なぜか噛《か》み合わない二人の会話

（今日こそ……アカネに自分の気持ちを伝えなければならない。たとえ、彼女の口からどんな言葉が出ようとも、私は真摯《しんし》に受け止めよう。そしてこれ以上、彼女をあんな犬小屋のような場所に閉じ込めてはいけない）

デュアロスは執務机から離れて襟《えり》を正し、内ポケットに例の部屋の鍵があることを確認すると、廊下へと出た。

余談であるが、デュアロスはほぼ毎日同じことを心の中で呟いてから、アカネのもとに向かっていたりする。

†

ベッドでゴロゴロしながら、あの晩のデュアロスの顔を思い出してデヘヘと笑っていたアカネだけれど、ガチャリと鍵が開く音がして、慌てて身を起こした。

この時間にここに来るのは一人しかいない。デュアロスだ。

だから、乱れた髪を手ぐしで整えつつ、スカートの皺《しわ》を取り、きちんと座り直す。

問答無用で自分を監禁した相手に対して身だしなみを気にする必要はないのかもしれないが、やっぱり好きな人の前ではちょっとでも可愛く見せたいと思うのが乙女心である。

たとえ、自分の好きな人が、他の人のことを好きであっても。

「おはよう、アカネ。体調はどうだい？」

「おはようございます、デュアロスさん。すこぶる元気です」

部屋に入った途端、作り物めいた笑みを浮かべるデュアロスに、アカネはニコニコしながら答える。

しかし内心、監禁生活は暇で暇で、昼寝ばかりしているのでちょっと太ったような気がしてならない。

そのため、ニコニコ笑う顔の下では『太ったってバレたらどうしよう！　ヤバい！』とドキドキしていたりもする。

実はこっそり見よう見まねで覚えたヨガと、ストレッチと、スクワットを深夜にやっているが、体重計がない世界では努力が結果として表れたかどうかわからない。

そんなアカネの女心にまったく気づいていないデュアロスは、くいっと片方の眉を上げて唇を歪《ゆが》めた。

「……すこぶる元気……か。それは私に対して、いや……この狭い部屋に閉じ込められたことに対しての皮肉なのか？」

「は？」

艶のある声で発せられた言葉が理解できず、アカネは首を傾《かし》げる。

（――ああ、今日もこんな感じなのか）

監禁されてから毎日デュアロスの顔を拝むことができるのは、実はちょっと……いや、かなり嬉しい。

でもせっかくデュアロスがここに来てくれても、会話がなんだか噛《か》み合わないのは、ものすごく寂しくて、切ない。

アカネは無意識に、ため息をつく。

「皮肉じゃないなら、私に言いたいことは何もないのか？」

少し苛立《いらだ》った声で重ねられた質問がますます意味不明で、アカネは首の傾斜を深くする。

「あの……この部屋狭いですか？　結構、広いと思いますけど？」

元の世界でアカネは一人暮らしをしていた。

ちなみに、日当たりとセキュリティは最高に良かったが、レポートを書くときも、食事を取るときもベッドの上という、超狭いワンルームマンションだった。今監禁されている部屋より二回りは絶対に狭い。

そのため、アカネは深く考えることなくそう言った。

それに監禁されているとはいえ、アカネは太ったこと以外に不満はない。むしろ好きな人に毎日会えてラッキーだとすら思っている。

しかし、アカネの真意はデュアロスに伝わらないようで――彼は、まるで自分が牢獄に放り込まれたかのような辛い顔になった。

（うーん……なんかマズったかなぁ）

ラーグ邸はどこにいても快適です的なことを伝えようと思ったのだけれど、デュアロスは嬉しくなさそうだ。

だからといって、今いるこの場所をディスるのは、嘘になるから言いたくない。

そもそも働くこともせず、食費も一円も入れていないのに、三食昼寝付きの生活を送らせてもらっている身分で不満を口にするなんてできやしない。

「……君は」

「あ、はい。なんでしょう」

思いつめた表情でデュアロスが口を開いた途端、アカネは食い気味に続きを促《うなが》す。

すると、なぜか彼は口を噤《つぐ》んでしまう。

（今のって『言いたくないけど、言わないと』って感じだったなぁ……）

こんなときだけアカネは、デュアロスの気持ちを先読みしてしまった。

ただ、アカネは自分が監禁されているのは、あの晩の事実を彼が隠したいがためだと思い込んでおり、それ以外の可能性を見つけることが未だにできていない。

「あの……私、喋《しゃべ》ったりしませんよ？」

「嘘をつくな」

「えー」

一方的に決めつけられ、アカネは傷ついた。

もしこれが、デュアロスじゃなかったら『まぁ、ここは異世界だから意思疎通がうまくいかないこともあるよねー』と苦笑して終わっていただろうし、元の世界でだって、相手の思い込みから心ない言葉を受けたことなんていくらでもある。

だからこの程度で傷つくほうが、変なのかもしれない。

でも好きな人から、嘘つきだと言われたことは、心をえぐられるほどのダメージだった。

今彼がどんな目で自分を見ているのかと想像したら、アカネはもう真っすぐデュアロスを見ることができなかった。

ぶんっと音がする勢いで彼から目を逸《そ》らすと、スカートの裾をぎゅっと握って唇を噛《か》む。

そんなアカネの姿をどう受け止めたのかわからないが、デュアロスはため息まじりに言葉を続けた。

「……君はラガートと、話していたじゃないか」

憎々しげに言い捨てたデュアロスに、アカネは彼のほうを見ないまま、きょとんとする。

「は？　なんでここでラガートさんが出てくるんですか？」

「君が言ったんじゃないか」

「へ？　や、ま、待ってくださいよ。言い出したのは、デュアロスさんですよ？」

「いや、君だ」

「……えー」

（なんだ、この噛《か》み合わない会話!!）

アカネは何だか泣きたくなってしまった。

でも、これは今日に限ってのことじゃない。この部屋に放り込まれてから、デュアロスと会話をすると、いつもこんな流れになってしまう。

（もしかして自分が思っている以上に、デュアロスさんから嫌われているのかなぁ……私）

そう思った瞬間、アカネはぐすっと鼻を啜《すす》ってしまう。

対してデュアロスは、この世の終わりのような表情を浮かべていたが、鼻水を必死に止めようと地味な努力をしているアカネは、それに気づくことができなかった。

ちなみに今、この部屋にはアカネとデュアロスがいる。言い換えると二人っきり。

そして、この二人は〝好きな人を傷つけたくない。でも、好きな人に嫌われたくない〟という同じ気持ちを持っている。

そんな気遣いと打算が入り混じった気持ちを双方が同じ配分で持っているから、きっとこの二人はとても仲良しさんなのだ。

しかし、決定的に一つだけ違うところがある。

デュアロスは恋愛経験が乏《とぼ》しく、また自己評価が低いせいで、内向的な行動を取る。

対してアカネは、初恋の相手は幼稚園時代のみぃー君で、それからそこそこ恋愛をたしなんできた。ゆえに、デュアロスよりは外向的な部分を持っている。

ただそれは『言われて傷ついちゃうなら、もういっそ自分から傷つきに行こうぜ！』的な、当たって砕けろという思考で……

「そんなに私とえっちしたこと、隠したいんですか？　デュアロスさん！」

と、まぁ……勢い余ってベッドから立ち上がりながら、ダイレクトにそんなことを口に出してしまった。

ただ言われた側のデュアロスは、目を丸くする。

「……えっちを……した？」

「そう。えっち。あー……夜伽《よとぎ》？　営み？　同衾《どうきん》？　そう言えばわかりますか？」

ぐいっとさらに距離を詰めたアカネに対して、デュアロスは半歩下がる。

こんなに近づかれると困るのだ。だって、デュアロスはアカネが好きなのだから。

しかも救いようのないヘタレのくせに、こうしている今だって、アカネに触れたくて触れたくて堪らない。

手を伸ばせば届く距離にいられると、そのまま自分の胸に掻《か》き抱いて、無理矢理にでも顎《あご》を掴んで口づけをしたくなる。

それだけじゃ飽き足らず、白い首筋に吸いつきたくなるし、アカネのドレスのボタンを外して直接柔らかい肌に指を這《は》わせたくなる。

だがそんなことは許されない。にもかかわらず、あの晩の記憶が鮮明に蘇《よみがえ》り、大人しくしているはずのもう一人の自分が、「ん？　お呼びですかい？」と、ちょっと目を覚ましつつある。

……という緊急事態を迎えてしまったデュアロスは、上手《うま》いこと長い上着でそれを隠すように身体を捻《ひね》りながら口を開いた。

「なるほど。君の世界では初夜のことを〝えっち〟と言うのか。参考になった」

ここでデュアロスが言った〝初夜〟というワードにアカネが食いつけば、すれ違い続けた会話はようやっと噛《か》み合い始めるはずだった。

だが、アカネははぐらかされたと勘違いし、気づけば顔を真っ赤にして叫んでいた。

「デュアロスさんの馬鹿!!」

全力で罵《ののし》られたデュアロスは、片手で顔を覆《おお》って俯《うつむ》いた。確かに彼はうじうじと考えプロポーズすらできていない馬鹿である。

アカネが半泣きになっているのに、あの晩の情事を思い出した挙句、己《おのれ》の息子を制御できない救いようがない大馬鹿である。

けれど、デュアロスは〝今日こそは〟と決意を固めてここに来た。

そりゃあ、昨日も一昨日も同じように決心して、結局逃げるようにアカネのもとから去ったけれど、日を追うごとに一応決意は固くなっている。

だから普段ならここでアカネに背を向けるところを、彼は踏みとどまった。

「アカネ、今日は君に話があってここに来た」

「そりゃあ、話があるからここに来るんでしょ?」

先ほどのデュアロスの態度で、アカネは不貞腐《ふてくさ》れてしまっていた。いや、やさぐれてしまったというほうが正解かもしれない。

そんなわけで、蓮《はす》っ葉《ぱ》な口調で食い気味に言い返す。

内心、そんな可愛くない態度しか取れない自分にあーもーっとイラつきながら。

「……君が怒っているのは、私のせいだ。すまない」

ムッとするどころか心底申し訳ない顔をするデュアロスに、アカネはさらに苛立《いらだ》つ。

なぜならアカネは怒っているわけじゃない。傷ついているのだ。

それに、具体的な謝罪をしない彼は、ただ「ごめんなさい」を言えば済むという小狡《こずる》い計算が働いているようにしか見えない。

デュアロスからすれば、すべてが申し訳ないと思っていて、一つ一つ丁寧に謝罪をしていくと夜が更けるどころか、明日になっても終わらないという予測の下、がっつり端折《はしょ》ってしまっただけ。

ただこれもまた、言葉足らずの説明不足である。当然拗《す》ねてしまったアカネが、彼の気持ちになんか気づくはずがない。

だからついつい喧嘩《けんか》口調で思ってもないことを言ってしまった。

「デュアロスさんは、私とヤッたことが嫌なんでしょ⁉　誰にも知られたくないんでしょ⁉　だからこんな場所に私を閉じ込めてるんでしょ⁉　でも私、そんなことされなくったってミゼラットさんにチクったりしない‼」

ダンッと地団太《じだんだ》を踏んだアカネに、デュアロスは弾かれたように動いた。

「なんで今、彼女の名が出てくるんだ！」

「……は？」

媚薬《びやく》事件の犯人がミゼラットであることを、アカネは知らない。

だから、急に険しい顔になった彼に手を掴まれ、息が頬に触れるほど顔を近づけられたアカネは、驚きすぎて息が止まった。

けれど、デュアロスは厳しい表情のまま、さらに言葉を重ねる。

「なぜミゼラットのことを君が気にするんだ？　今この話に彼女は一切関係ないはずだ。なのに、なぜわざわざその名前を出した？　……まさか、ミゼラットに何か心ない言葉を吐かれたのか？それとも何か嫌がらせ行為を受けたのか？」

矢継《やつ》ぎ早《ばや》に問いを重ねられ、一体どれから答えていいのかわからなくなったアカネは、とりあえず全力で首を横に振った。

しかしそれだけでは不十分だったようで、デュアロスは手を離すどころかさらに力を強くする。なんだかそれが責められているように感じてしまい、アカネはむぐっと渋面《じゅうめん》を作った。しかし、デュアロスの気迫に押され、ついに耐え切れなくなって口を開く。

「……私、ミゼラットさんから、別に虐められてなんかない。何度も会ったけど、べ……別に普通の話しかしてない」

会うたびにミゼラットは〝彼は私の婚約者なのよ〟ということを無駄に連呼していたけれど、それは内緒にしたい。

だって今、鼻先が触れ合うほど近くにいる状態で、デュアロスからはっきりと「ああ、そうだ。

彼女は婚約者だ」と言われるのは辛いから。

なのに彼は、そんな気持ちをちっとも察してくれない。

「普通の会話がどんな内容なのかはわからない。だが、なぜ今ミゼラットの名が君の口から出たんだ。理由を教えてくれ、頼む」

「嫌、言いたくない。それに、そんなのどうだっていいじゃん」

「いいわけがないだろう。とても重要なことだ」

デュアロスは、ミゼラットから媚薬《びやく》入りのお茶を飲まされた被害者だ。

だからアカネの身を案じている。もし仮に、自分と同じようにアカネが何かしらの被害を受けているなら、それ相応の処罰をしなければならない。

対してアカネは、とても混乱していた。

デュアロスの口ぶりは、自分を心配しているようにも聞こえるし、逆にプライベートなことに口を出されて苛立《いらだ》っているようにも見えるから。

（一体、どっちなの!?）

アカネはデュアロスのことが好きだ。

でもそれと同じくらい、自分のことも可愛いと思ってしまっている。

だからどっちだろうと思いつつも、どうしても自分都合に――いいほうに受け取りそうになる。

とはいえ、アカネにとってデュアロスは、この世界でたった一人の頼れる存在だ。

そんな彼から軽蔑《けいべつ》されたり、嫌われたりしたら生きていけない。

なら期待せず、悪いほうを選んでしまえば、最悪でも自分は嫌われなくてすむし、彼にも迷惑はかからない。

それに片想いは続けられる。だって片想いは、人間に与えられた正当で平等な権利なのだ。恋する権利を奪うなんて、恋をされた相手だって、それこそ神様だってやってはいけないし、できないこと。

だからアカネは自分の恋を護るために、悪いほうを選んだ。傷つかないようにズルをした。

「デュアロスさんにミゼラットさんがいるように、私にだってデュアロスさんと、えっちをしたことを内緒にしたい相手がいるんです。だから」

――お互いあの晩のことは内緒にしましょう。なんなら、なかったことにしていいですよ。

本音と真逆の嘘をついたアカネは、デュアロスに向かって精一杯可愛く見えるように微笑んだ。

これが最善の方法だと思ったから。

――付き合っている彼の態度が素っ気なくなったなと思ったとき、また恋人未満の微妙な関係の相手から急によそよそしい態度を取られたとき――ああ、もう私のこと好きじゃないんだ。この人、別れたいんだなと察した瞬間、アカネはいつもこう言っていた。

『私、好きな人ができたから、友達に戻ろう』

この台詞《せりふ》を口にすれば、相手はいつもほっとした顔をして、こう返す。

『そっか。じゃあ、仕方ないね。これからはいい友達でいよう』

多少言い回しが違っても、ニュアンスとしては皆同じことを言った。

アカネが○・八回だけした相手も大学進学と共に疎遠になって、スマホのメッセージアプリで同じやり取りをして終止符を打った。

アカネにとってこの言葉は、お互いを傷つけることなくリセットできる魔法の言葉だった。

だから、今回もまた同じようにした。デュアロスとの関係を、これ以上悪化させたくなかったから。

彼があの晩以前のように接してくれるなら、アカネは自己完結のひっそりとした片想いだけしていればいいやと思っている。

といっても近い将来、デュアロスがミゼラットと結婚して、同じ屋根の下でイチャイチャするのを見るのは辛いと思うけれど。

まぁ、そのときはさすがにこの屋敷から出されるだろう。だって、告げ口するかもしれない相手を近くに置きたくはないはずだから。

そんなふうにアカネは楽観視していた。

……そう。楽観視して気を抜いていたから、今、なんでベッドの上で彼に押し倒されているのか、全くもってわからなかった。

「……君は……本気でそんなことを言っているのか？」

間近に迫ったデュアロスは、これまで見た中で一番怖い顔をしていた。

(えー……なんで、怒るの？)

アカネは頭の中ではてなマークを量産しながら、そんなことを思った。突然の展開に、ものすごく戸惑っている。

でも、デュアロスが怒っているのはわかった。何かしらの逆鱗《げきりん》に触れてしまったことも。

とはいえ、アカネは声に出してそれを尋ねることができない。なにせ、現在進行形でデュアロスに口を塞《ふさ》がれているから。

ちなみに塞《ふさ》いでいるのは彼の手ではない。唇だ。いわゆるキスというものをイタしている。

顎《あご》を掴まれた瞬間、噛《か》みつかれるかもと思ったそれは、実際には触れるだけで、痛くもなければ怖くもない。

（……で、なんでこうなるの？）

と、アカネがそんなことを思っていられたのは、ここまでだった。

触れ合った瞬間デュアロスの唇はひんやりとしていたのに、徐々に熱を帯びていき、痺《しび》れに似た疼《うず》きがアカネの全身を駆け巡る。

理由はわからないけれど、好きな人からキスされているという現実に、もう何かを考える余裕はなかった。

触れ合ったままデュアロスの唇がわずかに動く。それだけでも、じんとした甘い痺《しび》れが背中を這《は》う。

急に息苦しくなって、無意識に酸素を求めて唇を開いたら、なぜか彼の舌が入ってきた。

驚いて硬くなった自分の舌を、デュアロスはほぐすように絡める。

自分から動かす気は毛頭ないのだけれど、なぜか絡められた分だけ絡めようと勝手にアカネの舌が動いてしまう。

（え、や……何してんの、私）

もう一人の自分が平静を装《よそお》ってそんな突っ込みを入れるが、本当はめちゃめちゃオタオタしている。もう訳がわからない。

でも、デュアロスのキスは上手《うま》かった。蕩《とろ》けてしまうほど。

恋愛の通過儀礼でこなすだけだと思っていたキスが、こんなにも思考を奪われるものだなんて知らなかった。

ただ彼のキスは巧みすぎて、ついていくのがやっとだ。

だから唇を塞《ふさ》がれた状態で、どうやって息継ぎすればいいのかわからない。それでも気持ちよさからずっと我慢をしていたけれど、もう限界だ。

アカネはデュアロスの腕を軽く叩いて降参だと合図する。そうすると、ようやっと彼は唇を離した。

「はぁはぁ……はぁ、……ん、んんっ」

どうにかこうにか酸素を取り入れて一息つけたと思ったら、また唇を塞《ふさ》がれてしまう。

酸欠で失神させる気はないが、キスを止めるつもりもないらしい。

（……なんで？）

角度を変えて触れる彼の唇は濡れていて、それがまた妙にぞくぞくする。

お互いの唾液のせいで先ほどより滑りが良くなった唇から、勝手知ったる我が家のようにデュア

ロスは舌を入れてくる。

呼んだつもりはないが、追い返す気もないアカネは、またデュアロスの巧みな舌遣いに翻弄される。

それからどれくらいの時間が経ったのだろうか。不意にデュアロスは唇を離すと、じっとアカネを見つめた。

間近で見たデュアロスの顔から、先ほどまでの怖い表情は消えている。でも潤《うる》んだ目は熱を帯びて、何かに飢えているようだった。

その表情をしっかりと視界におさめたアカネは、まさかと思いつつも一つの可能性を口にする。

「あ、あの……デュアロスさん……ま、まさか、また媚薬《びやく》飲んじゃったんですか？」

そうそううっかり飲むものではないし、そこまで彼が間抜けだとも思っていない。

でも、他に好きな人がいるのにこんなことをする理由は、それしか思い当たらない。

それにあの晩、イタしたときだってこんなキスから始まったし、今のような表情を浮かべていた。

だからまさかと思いつつ、一応尋ねてみれば、デュアロスは泣いているのか笑っているのかわからない表情を浮かべて、アカネの耳元に唇を寄せた。

「……もしそうなら、君はまた……私に抱かれるのか？」

デュアロスのその言葉は、また媚薬《びやく》を飲んだのだとアカネが思い込んでしまうには十分なものだった。

その結果、アカネは無意識に口を開いていた。

「……デュアロスさんは、私でいいの？」

アカネは、今度こそミゼラットに頼んだほうがいいんじゃないかという気配りで尋ねたつもりだったのだが、デュアロスは深く考えず、言葉のまま受け取った。

「ああ。君が欲しい」

そう囁《ささや》いて、彼はアカネの首筋に歯を当てる。

（あ、そっか。デュアロスさんは私のこと、一応女としては見てくれるんだ）

デュアロスのさらりとした髪を、頬に、鎖骨に感じながら、キスの余韻がまだ冷めやらぬアカネはそう思った。

つまり、嫌われてはいないのだ。

実は内心、あの晩、自分だけがいい思いをしちゃってたのかなと不安に思っていたアカネは、そっかそっか、あー良かったと胸を撫《な》で下ろす……わけがなかった。

片想いをしている相手にキスされて、また、あの晩のように抱いてもらえることは嬉しいのに、心の中の一部がひんやりと冷たい。少し考えて、その理由がわかった。

（これじゃあ私、ヤリ友以下じゃん）

元の世界でヤリ友（またはセフレ）は、互いにラブという感情がなくても、ライクという感情は持っていて、フランクにえっちができる関係のことを指していた。

でも、自分はただの解毒要員でしかない。

その証拠に、アカネにはデュアロスと一緒に過ごした楽しい思い出がない。この世界に来て半年が経つが、一緒にお茶を飲んでお喋《しゃべ》りをしたり、ご飯を食べたりといった経験がない。しかも、ここ最近毎日会えてはいるが、会話が成立していない。

もうなんていうか、同じ屋根の下に住んでいるのに、身の回りの世話をしてくれる使用人よりも、彼と距離があるのだ。

もちろんこの恋が一方的な片想いで、もう既にデュアロスには好きな人がいるから手を伸ばしても届かないということはわかっている。

……わかっていても、解毒要員として扱われる自分が惨《みじ》めで、それでも受け入れたいと思ってしまう自分が情けなくて仕方がなかった。

気づけば鼻の奥がつんと痛んで、視界は滲《にじ》み、目の端から熱いものが溢《あふ》れてきた。

「……うっ、ううっ、ううっ、ふぇ、……うっ、ううっ」

こめかみに流れた生温かい液体が涙だと気づいたときには、もう嗚咽《おえつ》を止めることができなかった。

くしゃりと歪《ゆが》んだ醜《ひど》い顔をデュアロスに見られたくなくて、アカネは彼を押しのけて両手で顔を覆《おお》う。暗闇の中でデュアロスが小さく息を呑む気配がした。

「……そうか。君は、私にこうして触れられることすら、もう嫌なんだな」

暗闇の中、ため息まじりにそんな呟きが聞こえてきたと同時に、彼が身を起こした。

驚いて顔を覆《おお》っていた手を離せば、デュアロスは氷のように冴え冴えとした視線で自分を見下ろしていた。

（は？　……触れることすら嫌って私に言ってる……の？　……はぁ？）

アカネは、多分生まれてきてからこれまでで、最大にして最高に混乱していた。

一体、いつ自分がそんなことを口にしたのだろうか。

記憶力はいいほうではないが、それでも数分前のことくらいはしっかりはっきり覚えている。何度記憶を手繰《たぐ》っても『嫌だ』なんて一言も口にしていない。誓って言える。

「……デュアロスさん……私、私ね」

——あなたに触れるのが嫌だなんて言ってない。むしろ、嬉しい。でも、解毒要員だけなのが寂しいの。

そう、アカネは言おうとした。でも口を開いた途端、デュアロスはプイッと横を向いた。

心が折れそうになるアカネだが、なけなしの勇気を振り絞って彼の腕に触れる。ちゃんとこっちを見てほしかったから。

でもデュアロスの上着の袖を掴んだ瞬間、あろうことか彼は「触らないでくれ」と言って、アカネの手を振り払った。

（なによっ、触れることすら嫌って思ってるのは、私じゃなくってデュアロスさんのほうじゃん!!）

さすがにそこまでされたアカネは豪快にキレた。

「もう、いい!!」

渾身《こんしん》の力でデュアロスの胸を押すと、アカネはベッドから下りた。

ハラリとドレスの胸元がはだけるが、そんなもんは今はどうでもいい。あと誰がこんなふうに衣類を乱したのかを考えるのも後回しにする。

それよりも何よりも、この噛《か》み合わない会話を続けることが限界だった。

「もう、デュアロスさんなんか嫌い!! 私のことを勝手に嘘つきだと思い込んでいる、あなたなんか大っ嫌い!!」

罵倒を受けたデュアロスは、物凄い素早さでベッドから下りるとアカネの前に立つ。

「待ってくれ、私がいつ君を嘘つき呼ばわりした!?」

ぎょっとしているデュアロスは、自分の言動がアカネを追い詰めた自覚がない。

あるのは不甲斐《ふがい》ない自分への嫌悪と、突然、心の死刑判決を受けた事実だけ。

しかし、完全にブチ切れたアカネには、オロオロする彼の姿はわざとらしい演技にしか見えなかった。

「もうっ……もうっ！ そういうところが、全部嫌なの!!」

「そ、そういうところとは、一体どこなんだ？ わからない。頼む、教えてくれ」

「嫌!!」

「……なっ」

青ざめて絶句するデュアロスだが、アカネはもう自分でも制御できないほど怒り狂っている。そんな状態で事細かに説明するなんて、できやしない。

何よりアカネは、これまでの恋愛においてきちんと自分の気持ちを相手に伝えずに身を引くことばかりしてきたから、向き合って話をすること自体が苦手だ。

アカネは、ただただみっともない自分を見てほしくなくて、ありったけの声量でデュアロスを怒鳴りつけた。

「今すぐ、出ていって!!」

誰よりも大切にしたいと思う人から出ていけと言われ、心から愛おしいと思う人から大っ嫌いと言われ——デュアロスは今、どうして自分の心臓が動いているのか不思議なほど、ショックを受けていた。

(今すぐ……出ていかなければ。……そう、彼女が望んだのだから)

そう思っても、デュアロスは一歩も動けない。

「——ねえ……早く、出ていって」

ついさっきまで甘い息を吐きながら口づけを受け入れていたその唇が、自分の心をめった刺しにする。

(もう取り繕《つくろ》うことなどやめて、今一度アカネを押し倒して、あの晩のように……いや、もっと優しくもっと情熱的に抱いたなら、この気持ちが少しは伝わるのだろうか)

デュアロスは己《おのれ》の会話スキルが壊滅的であることから目を逸《そ》らして、そんな最低なことを考えてしまった。

でも、アカネが乱れた胸元から谷間を覗《のぞ》かせているというのに、あれだけ自己主張していたもう一人の自分は、今は深い眠りについている。

まったく自分勝手な奴だ。少しでも触れられたら理性が飛んでしまうから、「触《さわ》るな」と言ってアカネを突き放したというのに。

そんなぐちゃぐちゃな気持ちを持て余したデュアロスは、引きちぎられそうな心の痛みを抱えたまま、無言でアカネに背を向けた。

——廊下に出たデュアロスは、足早で執務室に戻る。

今の自分が冷静さを欠いているのはわかっている。こんな不甲斐《ふがい》ない自分を、使用人にも執事のダリにも見られたくはなかった。

だからデュアロスは、うっかりしていた。

いつもなら鍵をかけた後、周りに誰もいないことをきちんと確認するというのに、今日に限って、それを怠《おこた》ってしまったのだ。

そして、どういうわけだか、こんな日に限って執事のダリが柱の陰に隠れていたりする。

それが偶然なのか必然なのか——ダリは、どれだけ詰め寄られても、一生白状することはないだろう。

†

(……しょーもな)

ラーグ邸を取り仕切る敏腕執事は、こてんぱんに打ちのめされた若き当主の背を見ながら心の中で呟いた。

次いで、鍵のかかった扉を見つめて、ため息をつく。

(若様は一体、どんな抱き方をなされたのやら……。女性は肌を通して、そこに愛があるのかないのかわかるというのに)

そんなことをぼやいたダリは、デリカシー皆無のように見える。

しかし彼はそこそこ人生経験があり、ここのところずっとヘタレ若様のせいで睡眠不足だから、そんな台詞《せりふ》を吐いても許される――のかもしれない。

ラーグ邸の執事であるダリ・ミジョンは、齢《よわい》五十六の壮年の男性だ。

既婚者であり、四人の子宝に恵まれている。なぜか生まれた子供はすべて娘だった。

男の夜のスキルが高いと男子に恵まれるという俗説があるが、それは確かな根拠がないものなので、どうかダリのスキルを疑わないであげてほしい。

そんな夜スキルがグレー判定のダリではあるが、執事としてのスキルはピカイチだ。

ちなみにラーグ家が代々竜伯爵として異世界人を保護する役目を与えられているように、ミジョン家も代々ラーグ家を陰ながら支えている。

その歴史はかなり古く、七代遡《さかのぼ》ってもミジョン家長男はラーグ家の執事でいた。

その時間の分だけ、ミジョン家はラーグ家の秘密を知っている。

しかし、その秘密は一度たりとも世に出たことはない。つまりミジョン家の人間は、代々鋼鉄よりも口が堅いというわけだ。

しかし、パンドラの箱よろしく秘密を抱えたまま、胸に収めて何もしないわけではない。

時には汚れ仕事を自ら進んで行《おこな》い、また時にはこっそり手引きしたり、はたまた身代わりになったりと、ミジョン家は代々危険もなんのそのの仕事ぶりを見せてきた。

現当主であるデュアロスは、父親を早くに亡くしたため、まだ十代のうちから竜伯爵にならなければいけなかった。

異世界人はいつ現れるかわからないから、のんびり次の当主が大人になるのを待ってくれないのだ。

そのためデュアロスは、たくさんのものを諦《あきら》めざるを得なかった。

友人と楽しく過ごす時間も、異性に対してドキドキする時間も、気分転換という大義名分で自分を甘やかす時間も――あらゆるものを奪われ、すべての時間を竜伯爵の責任と領民のために差し出してきた。

そのうえ無駄に顔がいいものだから、異世界人と偽《いつわ》り近づく女性は下心満載のお色気ムンムン。

義務で夜会に出席すれば、勝手に恋愛上手と思われ意味不明な駆け引きを持ちかけられる。

真面目に礼儀としての決まり文句を口にすれば「つまらない人」とか「堅物」とか、酷《ひど》いときには「そんなにわたくしは魅力がないの!?」とキレられる。

まぁ……そんなこんなが重なり、デュアロスは無自覚に女性恐怖症になってしまった。

そんな若き当主のもとに異世界人アカネがひょっこり現れ、そんでもってさっくり恋に落ちるなんて神様は笑ってしまうほど意地が悪い。

だからダリは、意地悪な神様に代わって、デュアロスのために一肌脱ぐことにした。

「……下手すれば首だが……この年で次の就職口を探す羽目になりそうだとは、人生とはかくも面白い」

燕尾服の内ポケットから例の部屋の合鍵を取り出しつつ、ダリはそうぼやいた。しかし、その表情に悲愴さはない。

主《あるじ》から絶大なる信頼を置かれているラーグ邸の執事は、屋敷のすべての鍵を管理している。もちろん、アカネが監禁されている部屋の鍵も。

だがしかし、合鍵を持たされているからといって、好き勝手に扉を開けていいわけではない。絶大な信頼があるからこそ、ダリはデュアロスから鍵を託されている。

その信頼を裏切って、ダリは絶対に開けるなと命じられている扉を開けた。


「おはようございます。アカネ様」

「あ、おはようございます」

ベッドで膝《ひざ》を抱えていたアカネは、ぺこりと頭を下げる。

ダリの目から見ると、アカネの表情は物憂《ものう》げというよりも、拗《こじ》らせた若様とどっこいどっこいのそれだった。

（……なるほど。若者とは、かくも面倒くさい生き物だ。だが、この年になるとそれすらも眩《まぶ》しく感じる）

アカネとデュアロスがこの世の終わりのような表情を浮かべているのに、そんな呑気なことを考えるダリの血の色は一応赤い。

そして老婆心から拗《こじ》れに拗《こじ》れた二人に、ちょいとばかし風穴をあけることを決心した。

「アカネ様、気分転換に外に出ましょう」

「……へ？」

急な提案に、アカネは目を丸くした。

けれどすぐにアワアワと両手を振って、口を開く。

「だ、だ、だ、ダメです。だってデュアロスさんの許可、取ってないんですよね!?」

「そんなことは気にしないでください」

「できませんよー」

あっけらかんとご主人様の命令を無視する執事に、アカネは眉を八の字にする。

「……私……デュアロスさんに嫌われたくないんです。だ、だから……そんな勝手なことをしちゃったら、本当に私の顔も見たくないって思われちゃいます……。うん、まぁ……でも、もう嫌われるようなことを言っちゃったもんなぁ……。あーあ……なんであんなこと言っちゃったんだろう……私。はぁー」

呟くアカネはしょんぼりしているのに、どことなく色っぽい。要は恋する乙女の顔である。

それを間近で見たダリは、心の中でため息をついた。

(あ、こりゃ重症だ。娘が四人もいれば流石《さすが》にわかる)

キッチンで母親と会話をする娘の姿を思い出して、ダリは思わず眉間《みけん》をもみもみした。

平民である娘四人はそれなりに恋をして、心根の優しい男性のもとに嫁《とつ》いでいった。ただそれまでの間、父親としたらあまり聞きたくはない恋バナをキッチン越しに耳にして、ちょっぴり切なくなったけれど。

……というダリの昔話は、どうでもいい。

とにかくダリは、まぁまぁ長い人生で女性は同性に恋バナをすることで、気持ちが前向きになることを知っている。

でも、それをダイレクトにアカネに伝えても、彼女が素直に「うん!」と言わないことも察していた。

だから機転を利かせて、ダリはこんなことを言った。

「アカネ様、若様は決してあなた様を嫌うようなことはございません。何をしても、どんなことを言っても、心の根っこの部分まで嫌うことはないでしょう。このダリが保証します。……ということでお出かけしても大丈夫でございます。ご安心ください。そんでもって……ちょっとばかし、この爺《じい》にお力をお貸しいただけないでしょうか?」

「……は?」

目をまん丸にするアカネは、驚いてはいるがダリの言葉を疑ってはいなかった。

ただ好きな人のもとから離れることに後ろ髪を引かれてしまい、うんうんと悩み――

「……んー私なんかで良ければ……お手伝いさせていただきます」

と、結局は歯切れ悪く頷いた。


アカネには、この世界で恋バナができる存在が必要で。

拗《こじ》れに拗《こじ》れた若き当主には、ガツンと荒療治が必要で。


と、いうわけで、アカネは監禁生活を卒業してラーグ邸を離れることになったのだった。

第三章　有能執事の手のひらで転がされる二人

素朴な木のテーブルには、手作りのパッチワークのテーブルクロスがかかっている。

その上に置かれた皿には、砂糖がたっぷりとまぶしてある焼き菓子とフルーツ。あと、お茶のセットとコスモスによく似た花が活けられた花瓶《かびん》。

大きな出窓からは午後の穏やかな日差しが差し込み、女性三人の姦《かしま》しいお喋《しゃべ》りをどこまでも柔らかく彩《いろど》っていた。

「――わたくしこの年になってようやく気づいたんですけど、やっぱり男は顔だけじゃないわ。中身も見た目と同様に大事ですわ」

「あらルミィ姉さまぁ、わたくしはちょっとその考えには同意できませんわ。顔がいい男ほど、きちんと中身も伴わないといけないと思いますの。だって、見た目で期待値を上げさせて、いざふたを開けてみたらヘタレだなんて、ものすごくガッカリしますから。……そう思いませんこと？　アカネちゃん」

「ちょっと待ってリーナ。それじゃあ見た目が悪い男は、中身を磨く必要はないってこと？」

「そうじゃないですわ。見た目が悪い男は、中身をスペシャルにしてようやく男として認識してもらえると思いますの。つまり、見た目が悪くて中身も悪い男は、もはや人ではありませんわ」

「……なるほど、よくわかったわ」

「ご理解いただけて嬉しいわ、お姉様。……で、アカネちゃん、あなたはどう思うかしら？　できればあなたがいた世界の価値観も踏まえて、教えてちょうだい」

ニコッと笑ったリーナは、ははっと愛想笑《あいそ》いをするアカネに向かって、ずいっと前のめりになる。

実はこれ、くそ真面目に男の価値を語っているようだが、どこか誘導尋問の匂いがする。

余計なことは喋《しゃべ》りたくないアカネは、時間稼《かせ》ぎにとさらに愛想笑《あいそ》いを深くしてお茶を飲む。お茶は香り高くとても美味しいが、返事を待つリーナの圧は半端なかった。


女子会真っ最中のここは、王都の郊外。現在アカネはダリの何代目かのご先祖様が、ラーグ家から譲り受けた別宅にいる。

ダリの四女であるリーナは、この度めでたく三人目を懐妊中。今は貿易商を営む旦那様が出張中のため、子供たちと共に息抜きを兼ねてここに遊びに来ているのだ。

次女のルミィもその話を聞きつけ、ちゃっかり便乗しちゃってたりする。

リーナとルミィは姉妹の中で一番仲良し。なのだが、一度喧嘩《けんか》が始まると、それはそれは激しい争いになるらしい。

普段なら姉妹喧嘩《げんか》は仲良しの証拠と言って放置するダリだが、流石《さすが》に臨月間近のリーナの身を考えると緩衝材《かんしょうざい》が必要だと判断し、暇を持て余しているアカネに「どうか娘の話し相手になってくれ」とお願いした――という体《てい》で、アカネをラーグ邸から連れ出した。

そんなわけでアカネは、リーナとルミィと女子会三昧《ざんまい》の日々を送っている。

返答に困ることは多々あるけれど、女子同士の気楽さと、美味しいお茶とお菓子に癒《いや》され、すっかり元気を取り戻していた。

ダリの娘二人は、アカネが異世界人だということを知っている。ただし、このことは他言無用で、異世界トークはこの別邸内のみと決められていた。

ちなみに娘二人には「異世界から来た女の子が寂しい思いをしているから話し相手になってくれ」と頼んだだけ。

けれどもリーナとルミィは、典型的な主婦でお喋《しゃべ》り好きで、女子だけが持つ洞察力がかなりある。だから出会ってものの数分で、アカネがデュアロスに特別な想いを抱いていることを見抜いた。

「――で、アカネちゃん。デュアロス様は、あなたがいた世界では、いい男の基準に当てはまるのかしら？」

リーナの問いを笑って誤魔化《ごまか》すアカネに、今度はルミィの質問が飛んできた。

ルミィは、リーナの五つ上。王都郊外で織物工場を営む旦那様との間には、男の子が一人いるけれど、現在、その子は騎士学校にて寮生活中。

旦那様は愛妻家で、ルミィが別邸に遊びに行くと言っても、快く送り出してくれる大変理解ある方らしい……というルミィのご事情は、この程度にして。

「デュアロスさんは、間違いなく元の世界でもいい男判定が出ますよ」

アカネは今度は胸を張って答えた。

たとえ問答無用で監禁されても、噛《か》み合わない会話しかできなくても、ちょっと離れればやっぱり恋しいと思ってしまう片想いの欲目が含まれているのを承知の上で。

しかし、ルミィとリーナは、すぐさま微妙な顔つきになる。

「うーん……デュアロス様は、見目はいいんですけれど、ちょっとクセがありますわよ？　貴族令嬢からしたら、彼の爵位がステイタスに加わるから熱を上げる方が多いですけど……」

「そうね。わたくしたち平民からしたら、デュアロス様のクールさは、ちょっと取っ付きにくいし、何だかいつも人を見下しているように見えちゃうわ」

二人揃ってうんうんと深く頷かれ、アカネはカチンときた。

「そんなことないですよ。デュアロスさんは、とってもいい人です！　見ず知らずの私を保護してくれたし、いっつも優しいし……そりゃあ、最近ちょっと変なことになってるけど……で、でも、デュアロスさんは私の好《す》――」

（あ、ヤバい）

カッとなったアカネは、つい「私の好きな人なんだから悪く言わないで」と言いかけてしまった。

ただ時すでに遅し。この流れで『す』まで言ってしまった時点で、アウトである。

「あらあら～。アカネちゃんは相手に惚れられて恋が始まるタイプじゃなくって、自分から恋ができちゃうタイプなのねー。わたくしと気が合うわ」

「うふふっ、アカネちゃん、真っ赤になって可愛いわ」

にやーと笑うルミィとリーナの目は、三段ケーキを目の前にしたときよりも、がっついていた。

この二人がデュアロスのことを低く評価したのは敢《あ》えてのこと。アカネがどうリアクションするか、ちょっとばかし試してみたかっただけ。

まんまと期待どおりの反応を見せてくれたアカネに、二人は同時にこう言った。

「さあ、わたくしたちに詳しく聞かせてちょうだい！」

盗賊ですら裸足《はだし》で逃げ出しそうなルミィとリーナの眼力を、アカネは撥《は》ねのけることができず、即座にペロッた。

ただ媚薬《びやく》の件はデュアロスの名誉に関わるし、元の世界のむやみやたらに他人の個人情報を漏《も》らしてはいけないという概念が染み付いているので、こんな説明しかできなかった。

「この世界で保護してくれた彼のことをお恥ずかしながら好きになってしまったんですけど、同じ屋根の下にいるのに、なんか全然会えなくって。……と、思ったらなんか急に鍵のかかった部屋に放り込まれちゃって。そうしたらなんか毎日会いに来てくれるけれど、全然会話が噛《か》み合わないんです。で、モヤモヤが限界に来て喧嘩《けんか》っぽいことしたまま、ここに来ちゃいました。でもって、デュアロスさんと離れてみてわかったんですが、やっぱり私、デュアロスさんと仲直りしたいって思ってます……まぁ、したいと思ってもできるかどうかわかりませんが……」

この説明では全く意味がわからないだろうな、とアカネは思った。

案の定、先ほどまで輝いていたルミィとリーナの目は死んでいた。もう、がっかりを通り越して、チベットスナギツネのような顔をしている。

「――ねえ、アカネちゃん。色々聞きたいことはあるけれど、まず、一個聞いていいかな？」

かなりの時間をかけて理解しようとしたが、やっぱりわからないといった顔でリーナがアカネに問いかけた。

「アカネちゃんの世界では、監禁するのが求愛の形なの？」

「違います」

アカネは即座に否定した。

そりゃあ、元の世界でも愛の形は人の数だけあったけれど、監禁自体は法に触れる行《おこな》いだ。やっちゃいけないことだし、大多数の人間はそれを愛とは受け止めない。

「……じゃあ、なんでアカネちゃんはデュアロス様のことが好きなの？　聞いている限り、これっぽちも好きになる要素がないんだけど」

今度はルミィに尋ねられて、アカネはむぎゅっと渋面《じゅうめん》になる。

(流石《さすが》に、一晩フィーバーして身も心もトロトロになったとは言えない)

お二人から元の世界が摩訶《まか》不思議な場所という疑惑を持たれている状態で、そんなことを言おうもんなら、自分がどんな目で見られるか容易に想像がつく。

いや、そもそも大前提として、アカネはデュアロスに恋心を抱いていたから、抱かれることを選んだのだ。

抱かれたから好きになったわけじゃない。好きだから抱かれて、その結果、もっと好きになった。

(じゃあ、私、いつデュアロスさんのことを好きになったんだろう？)

記憶を辿《たど》れば、夏の時点ではもう好きだった。

窓越しにデュアロスがシャツ一枚で歩く姿を目にしたとき、「やだっもうっカッコイイ！」と悶絶したのだから。

（なら……春……か。うーん。デュアロスさんを好きになったきっかけって、何だったんだろう）

アカネはスマホの連絡ツールでさっくり恋を終わらせることができる女性ではあるが、〝なんかいいな〟程度で股を開くタイプではない。

そうじゃなきゃ、人並みの容姿で異性とのお付き合い経験だってあるのに十九年もバージンを守ったりしない。

ちゃんと心のブレーキを持っていて「この人なら」と思える理由がないと、アクセルを踏んだりはしないのだ。

（間違いなくデュアロスさんを好きになったきっかけがあるはずだ）

アカネは詳しく聞きたそうなルミィとリーナの視線をすすすっと避けつつ、ここ最近色々ありすぎて思い返すことがなかった半年前の記憶を辿《たど》ってみた。

——そして十数秒後。

「……ああ、そっか。手だ」

アカネは自分の手のひらを見つめながら、そう呟いた。

あの日——アカネがこの世界に舞い降りた日、最初に視界に入ったのは、綺麗な夕日と茜色《あかねいろ》に染まった花壇の花々だった。

（あ、天国）

宗教的には極楽浄土《ごくらくじょうど》のほうが正しいのかもしれないが、兎《と》にも角《かく》にも、アカネは自分が死んでしまったのだと結論づけた。

その瞬間、眼前に迫る快速電車と、鼓膜が破れるほどのブレーキ音が鮮明に蘇《よみがえ》る。

（そうだバイトの面接、行けなかった。無理言って今日にしてもらったのに）

食費を浮かせるために選んだ賄《まかな》い付きのバイトは、古民家を改装したお洒落《しゃれ》なカフェだった。本当は今日は定休日だったのに、店長が気さくな人で「ん？　急いで働きたいの？　あー、なら面接今日でもいいよー」と言ってくれたのだ。

（でも結局、ぶっちしちゃったなぁ。一応、名前と連絡先は伝えておいたから、行けなかった事情はニュースで知ってくれるかなぁ。驚くかな？　……いや、普通に驚くよね。面接予定者が電車に轢《ひ》かれて死ぬなんて）

耳の奥でうるさく響くブレーキ音に意識を向けたくなくて、一生懸命他のことを考えようとした。でも、結局、辿《たど》り着《つ》くのは自分が死んだ瞬間で……

アカネは現世のすべてを振り払うように、首を激しく横に振った。次いで、もう一度あたりを見渡す。

（で、これからどうしよう）

死んでからどうなるか、そして、どうすればいいのかなんてアカネは知らなかったし、考えたこともなかった。

だからどうしていいのかわからず、その場から一歩も動けなかった。

だが途方に暮れていたのはわずかな間で、すぐに後ろから声をかけられた。

『……君は……どこから来たんだい？』

声のほうに視線を移せば、そこにはファンタジー臭漂《ただよ》うコスプレをしたイケメンがいた。

(ビバ天国)

生きている間に出会ったイケメンが色あせて見えるほど、その人はキラッキラ感満載《まんさい》で、神の使いとしか思えない容姿だった。

その後、短いやり取りを終え、神の御使《みつか》い様はおもむろに手袋を外すと手を差し伸べた。まるで映画で見た、貴婦人をエスコートする紳士のように。

差し出されたその手を握る前に、アカネは自分の手汗をスカートでこすこすした。それから、彼――デュアロスの手に自分の手を乗せる。

(あ、温かい。この人……生きてるんだ)

その瞬間、アカネはようやっとここが異世界なのかもしれないという可能性に思い至った。

『あのう……ここって天国ですか？』

『いや、残念ながらここは天国ではない。おそらく君にとっては異世界というべき場所だ』

違うという答えを期待してデュアロスに問うたら、有り難いことに望む答えが返ってきた。

それからデュアロスは、『行こう』と言って身体を進行方向に向けた。とても自然に、アカネを不審者扱いすることなく、こうすることが当然といった感じで。

それに感化されたのか、あれほど動かなかったアカネの足は、とても自然に一歩を踏み出した。

(そっか。私、死なずに異世界に来たんだ。……そっか、そっか)

デュアロスにエスコートされながら、アカネは一歩、地面を踏みしめるごとに異世界転移した現実を受け入れていった。

自分の手を握るデュアロスの手は、ほっそりとした見た目とは裏腹にごつごつして硬かった。でも温かかった。この世界で初めて感じるぬくもりだった。

そのときアカネは、この手の持ち主に恋をした。

まるで刷《す》り込みのような恋で、その先の未来を期待するようなものじゃなかったけれど、この世界で生きていくのに十分な理由を与えてくれるものだった。


「――……そっか。そんな出会いだったのね」

アカネの「手だ」という呟きをしっかり拾ったリーナとルミィは、脅迫するようにして恋の始まりを聞き出した。

それから二人同時に、じっと己《おのれ》の手を見つめ続けるアカネの両隣に腰かける。

そして二人の口から出た言葉は、恋を応援するものでも、甘酸っぱい内容にほんわかするものでもなく……結構、手厳しいものだった。

「でもさぁ、そんな素敵な恋の始まりなのに、それから監禁されるわ、会話は噛《か》み合わないわと続いて……アカネちゃんはデュアロス様に幻滅したりしないの？」

「……ええ、わたくしもお姉様と同意見。ねぇ、デュアロス様になんか変な薬でも飲まされた？」

最後に物騒な質問を投下してくれたリーナに、アカネはぎょっとする。

「いえっ、まさか！」

（ヤバい薬を飲んだのは、私じゃなくってデュアロスさんだし！）

うっかり言ってしまいそうになったアカネは、両手で自分の口を塞《ふさ》ぐ。それから口から手を離すと、目を閉じて二人の質問にちゃんと答えることにした。

「私、一度死にかけたっていうか、ほぼ死んだんです。電車に轢《ひ》かれて。でも私、怪我一つすることなく、こうしてまだ生きてるんです。それって奇跡ですよね？　えっと……だから……つまりですね、私は今、息してるだけで超ハッピー状態なんです。こうしてリーナさんとルミィさんとお茶ができるなんて夢みたいで……そんな中、デュアロスさんに恋ができている状態は、もうボーナスステージなんですよ」

この世界を天国だと思っていたとき、アカネは絶望を知った。

〝終わり〟ってこういうことなんだと身をもって感じた。

身体全部になだれ込んできた後悔と寂しさと言いようのないやるせなさは、二度と味わいたくないものだ。

反面、『死』というものを九割方体験したおかげで、タフになった。

どんなに辛くっても悲しくっても、電車が突撃してくるほどじゃないと思えるのだ。

ただ、その前向きな気持ちが、デュアロスと拗《こじ》れてしまった原因の一つになっていることに、アカネは気づいていない。

「――そっか。デンシャってなにかわかんないけど、とにかくアカネちゃんがここに来てくれたのは、奇跡だったのね。……うん、そっか」

「ボーナスステージがなんだかよくわからないけど、アカネちゃんが今、幸せなのはわかったわ。話してくれてありがとう」

リーナとルミィは先ほどより深い声音《こわね》でそう言うと、ぎゅっとアカネを抱きしめた。服越しに二人の温かさを感じて、アカネはへへっと照れたように笑う。

知らない言葉がたくさんまざっていたのに、遮《さえぎ》らずに聞いてくれた二人はきっといいお母さんなんだろうなと思いながら。

でも、部屋の空気はほのぼのというより、しんみりとしている。

当たり前だ。アカネが語ったのは、恋バナというより、人一人が死にかけた重い内容なのだから。

気づけば太陽は西に傾いて、夕暮れが近い。

世界が変わっても、日暮れ時はやっぱり切なくなるもの。今、この部屋の雰囲気は女子会ではなく、お通夜に近いそれになっていた。

といっても、アカネは生きている。風邪一つひかずに、がっつり生きている。だから、しんみりとした空気を払拭《ふっしょく》すべく、最年長のルミィは明るい声でこう言った。

「つまり、アカネちゃんは手フェチってことなのね！」

（……フェチって言葉は、この世界でも使うんだ）

至極どうでもいい発見をしたアカネだけれど、まさにそのとおりだったりもする。なので自分の手を見つめながら元気に「はい！」と言った。

それからリーナとルミィは、こちらが聞いてもいない自分のフェチをカミングアウトし、なぜかその流れで子供の話題へと移っていった。

どうでもいいことだが、リーナは足フェチで筋肉質な旦那様の足に惹かれて結婚を決意したとのこと。あとルミィは髪フェチで、硬く癖のある旦那様の毛髪を毎朝わしゃわしゃするのが至福の時間らしい。

（ところ変われど異性に惹かれるツボが人それぞれなのは、元の世界と一緒なんだなぁ）

アカネは、子供の食べ物の好き嫌いをどう克服させるかについて熱く語り合っている二人を見つめて、そんなことを思った。

ちなみに本日の夕食は、近くの食堂からデリバリーすると決まっている。お肉のワイン煮が美味しいらしい。

これは娘二人に甘いダリの計らいであり、また、屋敷にずっと引きこもっていたアカネに、少しでもこの世界の生活を楽しんでもらおうという思いの表れでもあった。

こうした見えない気遣いもやっぱり世界が変われど同じだ。胸のあたりがほっこりとなったアカネは、また自分の手を見つめる。

（デュアロスさん、普段は手袋をつけているんだよな）

貴族社会において、手袋をはめるのは当然のマナーであり、直接素手で異性に触れるのは、親密な証《あかし》とされている。

だから、デュアロスが初対面のアカネに対して何の断りもなく手袋を外して素手で触れたのは、かなり失礼な行為であった。

しかし上流階級のマナーなんててんでわからないアカネは、ただただ特別な扱いを受けたような気がして嬉しくて、またもやあの晩の情事を思い出してしまう。

手フェチのアカネではあるが、デュアロスの吐息も唇も、もう一人のデュアロスさんも、すべてが絶品だった。でも、彼の手は、ある意味凶器だった。

節ばった手が自分の身体を這《は》うように触れただけで、めちゃくちゃ変な声が出た。
○・八回しか使っていないアソコに触れられたときなんて、大雨洪水警報が出ちゃうくらいヤバかった。
合体したときに、我を忘れてすぐ傍にあったデュアロスの手を縋《すが》るように掴んでしまったのを覚えている。声を出すのが恥ずかしくて、思わず彼の手に歯を当てたことも。

(あ、そういえば……)

赤面しながら、ねちっこいアレコレを思い出して半笑いを浮かべていたアカネは、今の今まで忘れていたあることをふと思い出し、軽い気持ちで、旦那の加齢臭を消す洗剤トークで盛り上がっているリーナとルミィに声をかけた。

「小指に歯を当てるのって、なんか意味があるんですか？」

思い返せば、デュアロスはイタしている途中で、何度もアカネの小指に歯を当てていた。とはいえ痛くはなかったし、自分だって彼の手に歯を当てていたから、お互いさまだろうと気にもとめていなかった。

いや、正確に言うとダリからもらった救援物資の小瓶《こびん》のおかげか、事が順調すぎてデュアロスのフィーバーについていくのに精一杯で、ぶっちゃけどうでも良かった。

でも執拗に小指にだけ歯を当てていたのは、何かしらの意図があるのでは？　と思ったのだ。

まぁ、大した理由じゃないと思うけど。

なぁーんていう感じで気楽に尋ねてみたところ、リーナとルミィはまるで乙女のように頬を赤く染めた。

それからリーナが、もじもじしながら衝撃的なことを口にする。

「……やだもうアカネちゃんったら、今更何言ってるの？　それって……男の人が愛する人にする最高の求愛行動じゃない」

それを聞いたアカネは絶句した。

(なんですと⁉)

ここだけの話「別に意味なんてなくね？」と流されると思っていた。最悪「やだそれ願望？ちょっと変態ねー」と笑われて終わりだと思っていた。

なのに、まさかの求愛行動。しかも最高ときたもんだ。

ちょっと表現が古いけれど、曖昧《あいまい》さ皆無のこれ以上にないほどわかりやすい表現である。

（じゃあ、あのとき、デュアロスさんは私のこと好きだと思って抱いていてくれたの？　それとも、身体の相性が良かったから、情が湧いて思わずそうしちゃったってこと？　それとも噛《か》む指を間違えた？）

予想外すぎるリーナの返答に、アカネは言葉を失ったまま己《おのれ》の小指を見つめることしかできない。

「……あの」

「なあに？」

「なんで小指噛《か》むと、求愛行為になるんですか？」

「あら、知らないの？」

「……はい」

勇気を出して尋ねてみたら、二人そろってきょとんと目を丸くされてしまった。つまりこの行為は常識で、知っていて当然といった感じだ。

これまでなんとなくふわふわと違和感なしに生活してきたアカネであるが、ここで初めて異世界の壁を感じてしまった。

刺身や納豆、あと海苔《のり》を食べて、ドン引きする外国人の気持ちがよくわかったけれど、今更知ったところでどうなる。

などとカルチャーショックを受けるアカネに、この世界の恋愛ルールを説明してくれたのはルミィだった。

「えっと小指って、一番端っこにあって一番細くて弱い部分だから、そこを噛《か》むっていうか歯型をつけることで、僕が一生助けてあげるよっていう意味の印を刻むってことなの。あとね、わたくしは騎士じゃないからよくわからないけれど……剣を握るときって小指はとても大事らしいわ。で、噛《か》む行為は小指を落とすっていう意味もあって、指が落ちて剣を握れなくなっても僕が一生護るっていう意味もあるのよ」

「……そうなんですか」

アカネは噛《か》まれたほうの小指をさすりながら、曖昧《あいまい》に頷いた。

(小指を落とすのって、確か元の世界では怖いおっちゃんたちがやらかしたときにやることだよね。……それ知っているから、なんか怖い)

うっとりと目を細めて、自分がどんなふうに噛《か》まれたかを語るリーナとルミィは幸せそのものの表情を浮かべているが、アカネはちょっと微妙な気持ちになる。

また、こうも思ってしまう。

(んなもん、言われなきゃわかんないよ!!)

嬉しいと思う反面、知ってて当然といった感じでそんなことをしたデュアロスをちょっとだけ恨めしく思うのは、異世界人のアカネとしたら当然の権利である。

あと補足すると、小指を噛《か》むのは最高の求愛行為であるが、時と場所が限定される。その行《おこな》いをするのは初夜のベッドの中で、妻となる女性に夫である男性がする行為なのだ。

それもまたアカネは知らないこと。でも、リーナとルミィはもちろん知っているし、経験済みだ。

そんなわけで、二人は赤面しつつも、再び目の輝きを取り戻す。

「アカネちゃん……もしかして、デュアロスさんに噛《か》まれちゃったの？」

「っ‼」

アカネの表情は見ものだった。だがすぐに、四つのキラッキラの目に見つめられていることに気づき、ぎょっとする。

（これって安易に〝うん〟と言っちゃいけないパターンだよね）

ほんの少し前まで母親然していたリーナとルミィは、今、男子禁制の女子会中にポロッと落ちた下ネタに食いついた女子の顔だった。

（……もしかして小指噛《か》むのって、えっちのとき限定とか？）

異世界の文化に疎《うと》いアカネであるが、そこまで鈍感ではない。

アカネは自分のうっかりに気づいて、見る見るうちに真っ赤になる。それを見て、リーナとルミィはにんまりと笑った。

「やーだっ。片想いしてるって言うから、てっきり文《ふみ》のやり取りすらしていない仲だと思ってたのにぃー」

「なんだ、なんだ。もうそこまで済ましているなら、喧嘩《けんか》なんてベッドの中で仲直りしちゃいなさいよー」

バンバンとアカネの肩と背中を叩きながら、人生の先輩であるお二人は、あははっと大口を開けて笑う。

しかし、アカネは顔を真っ赤にしつつも、目が臨終《りんじゅう》していた。

（文《ふみ》のやり取りを飛ばしてイタしてしまった事実を知ったら、二人はドン引きするかな。っていうか、そもそも同じ屋根の下で住んでるのに文《ふみ》のやり取りはないだろう。そもそも文通って、いつの時代の話よ？）

ということを二人に尋ねてみたいし、胸の内をすべて打ち明けたい。

しかし、なんでそうなったの？　と聞かれたら、どうしたってデュアロスの媚薬《びやく》事件を語らなければならない。それは、彼の名誉のためにも言いたくない。

そんなことをつらつらと考えていくうちに、アカネの目はさらに濁《にご》っていく。

と同時に、喧嘩《けんか》をする直前のとあることを思い出して、アカネは「はああぁー」と、ため息をつく。

（ベッドで仲直りって言ったって、デュアロスさん、あのときしなかったもんっ。べろちゅーまでしたのにさぁ）

中途半端で終わった監禁部屋の情事に、実のところアカネはショックを受けていた。

媚薬《びやく》を飲んでいた（かもしれない）のに、抱かれなかった。

それすなわち女としての魅力がない。もしくは一度目は食べられたけど、二度目はいや結構です的な身体だったということ——そんなネガティブ思考に囚われ、両手で顔を覆《おお》う。

なのに、リーナとルミィは何を勘違いしたのか「照れちゃって、まぁ」とさらに背中と肩を叩く。

盛り上がり感が半端ない。

「……違うんですよぅ。そうじゃないんですぅ」

あまりにリーナのテンションが上がりすぎて、このまま赤ちゃんを産んでしまいそうな勢いだったので、アカネは涙目でそれだけ訴えた。

すぐさま二人は「あら、どうして？」ときょとんとする。

対してアカネは顔が引きつるのを隠せない。でも、二人を無神経だと怒ることはできない。

だって逆の立場だったら、「ここまで喋《しゃべ》ったんだから、もうゲロッちゃいなっ。よしっ、かつ丼食べよう！」っぽいノリで自分もグイグイ聞くだろう。

しかし口が裂けても言わない、言いたくないと決めたアカネは、むぐぐっと唇を引き締める。

それをまたリーナとルミィは都合よく解釈する。そして満面の笑みを浮かべて同時に口を開いた。

「もう、グダグダ考えないで、デュアロス様に会いに行っておいでなさい！　絶対に仲直りできるから!!」

「無理!!」

二人の声をかき消すように、アカネは全力で叫んだ。多分、人生で一番大声を出した。

まさかここまで拒否されるとは思わなかったリーナとルミィは目を丸くした。でも、二人は何も言わない。

なぜなら、突如現れた人物が代わりに口を開いたから。

「たとえ君が無理と言っても、私はアカネともう一度、話がしたい」

音もなく現れて、そう言ったのはデュアロスだった。覚悟を決めたような凛々《りり》しい顔をして。

†

――時はかなり遡《さかのぼ》る。

監禁部屋でアカネと噛《か》み合わない会話をし、唇をむさぼって、出ていけと言われ、執務室に逃げ込んだ後――デュアロスは部屋の中をうろうろと歩き回っていた。

机の上には早急に目を通さなければならない書類が山のように積まれているが、今の彼はそれどころじゃない。

(……また、彼女を傷つけてしまった)

デュアロスはピタリと足を止めると、肺が空《から》っぽになるほど深い息を吐いた。

言い訳にしかならないが、アカネを泣かせるつもりなんてなかった。

ただただ謝罪をして、ちゃんと向き合って、撃沈しようが爆死しようがプロポーズをするつもりだったのだ。

(なのにこの腑抜《ふぬ》けっぷり……ご先祖様、あなたの多大なる功績のおかげでアカネと会えたのに……申し訳ございません。いや、謝るのはご先祖様じゃなくて、アカネにだ)

どこまでも愚《おろ》かな自分に、デュアロスはずるずるとその場にしゃがみ込んでしまった。

――それからどれくらい時間が経過しただろうか。何の前触れもなく扉が開いた。

咄嗟《とっさ》に立ち上がろうとしたデュアロスだけれど、結局、腰を浮かした中途半端な状態で、ノックもなく扉を開けた不埒《ふらち》な侵入者を迎えることになってしまった。

「……若様、どこか具合が悪いのでしょうか？」

詫びる言葉もなく、開口一番にそう言ったのはダリだった。

「ああ」

（主に救いようがない自分の性格と、アカネの前でだけポンコツになる口が）

デュアロスは立ち上がりながら、端的に答えた。それからギロッとダリを睨《にら》みつける。

「たとえ執事のお前とて、ノックもせずに入室するのを私は許した覚えはない」

「それは申し訳ございません。……ただ、十四回ほどノックさせていただきましたが。次回からは、それの三倍はノックするよう心がけます」

「……気づかなかった私が悪かった。すまない」

「いえ、とんでもございません」

八つ当たりに近い感情でダリを咎《とが》めたのに、幼少の頃から仕えてくれている執事は穏やかな笑みを浮かべるだけ。

ただその目は、手がかかる子供を見守っているようで酷《ひど》く居心地が悪い。

（……なぜ、自分にはこういう大人の余裕が持てないのだろう）

仕事と割り切れば、どんなに理不尽な態度を取られても、暴言を吐かれても動じることはない。

なのに一番冷静さを求められるときに限って、己《おのれ》を軽蔑《けいべつ》したくなるくらい感情的になってしまう。

デュアロスは再び自己嫌悪の樹海に自ら飛び込みそうになった。

しかしそれを引き留めるように、ダリが口を開く。

「若様、落ち込むのはまだ早いです」

「は？」

これ以上ないほど落ち込むようなことばかりしている自分に何を言い出すのかと、デュアロスは間の抜けた声を出してしまう。

けれども続いて紡《つむ》がれた執事の言葉で、デュアロスはその意味を鈍器で殴られたような衝撃と共に知った。

「つい先ほど、わたくしがアカネ様をお屋敷の外に連れ出しました」

信頼を置いている執事から語られた事実に、デュアロスは呆然と立ち尽くすしかなかった。

（は？　外に連れ出しただと？　……つまり、アカネはここにいない。なぜ？　部屋には鍵が――まさか）

ここでようやっと一つの可能性に気づいたデュアロスは、これまでで一番厳しい視線をダリに向けた。

「合鍵を使ったのか？」

「さようにございます」

飄々《ひょうひょう》と答えるダリに、思わず執事の上着の襟《えり》を掴む。

「自分が何をしたのか、わかっているのか？」

地の底から聞こえてくるような低い声で唸るデュアロスの目は、裏切られた怒りと悔しさと悲しさと――大切な人が消えてしまった喪失感に溢《あふ》れている。

しかし壮年の執事は、そんな主《あるじ》を前にしても、怯《おび》えることもひれ伏すこともしない。

「若様、わたくしはどんな処罰も甘んじて受けます。ですが、その前にわずかな時間で結構ですので、この爺《じい》の独り言に耳をお貸しください」

「……っ」

（そんなことを言われたら、聞かないわけにはいかないじゃないか）

先代当主であった父親の急死後、まだ当主として未熟だった自分がどれだけこの執事に助けられたか。

ダリの助力がなければ、竜伯爵として代々守ってきた領地を管理することも、王城での業務をこなすこともできなかった。きっと自分一人では、すべてが中途半端になっていただろう。

そんな恩人でもある男の言葉を拒否するほど、デュアロスは愚《おろ》かではなかった。

「……話してくれ」

デュアロスはのろのろとダリの上着から手を離して呟いた。恥ずかしくて、今は目を合わせることができない。

そんな愛すべき主《あるじ》に向かって、ダリは目尻の皺《しわ》を深くして口を開いた。

「若様はこれまで大変努力なさってきました。そして、今も。ですが、アカネ様とのことはお仕事ではございません。失敗なさったところで、誰も咎《とが》める者はおりませんし、それで何かを失うこともございません」

「……そうだろうか。彼女の……アカネの気持ちを失ってしまう。ただでさえ、自分は何の取り柄もないというのに」

弱々しく本音を吐露すれば、ダリは目を丸くした。

「若様っ、まさかこの状態でアカネ様があなた様を好いているとでもお思いに!?」

「……っ」

大袈裟《おおげさ》に身体を仰《の》け反《ぞ》らせる執事に、デュアロスは目を見張った。

(――そうだ。まさに、そのとおりだ)

これまでずっとアカネに嫌われたくないという気持ちばかりが先行して、好いてもらえるような努力をしていなかったことにデュアロスは気づいた。

しかも、アカネを前にすると言葉を選びすぎて、含みのある物言いになってしまっていた。

言い訳にしかならないが、彼女の気持ちを探《さぐ》るような真似をする気はなかった。

ただ、いつもあの部屋の扉を開けてアカネを前にすると、嬉しいと思う反面、異常に緊張して頭が真っ白になり、どんなふうに切り出せばいいのかわからなくなってしまうのだ。

その結果、デュアロスは暴力的な感情に支配され、一番失いたくないと思ったものを失ってしまった。

(そうだ。ダリの言うとおりだった。嫌われることなど恐れずに、もっと前に……彼女を抱く前に好きだと伝えておけば良かった)

デュアロスは一度もアカネに好きと言っていない事実に気づいて、激しい後悔に襲われた。

（すべて自業自得《じごうじとく》の行《おこな》いとはいえ、自覚すればこんなにも辛い）

人生でこんなにも悔《く》やんだのは初めてだった。

アカネの言葉を裏読みしすぎて、きちんと耳を傾けていなかった。それどころか向き合うこともせずに、己《おのれ》の基準でたくさんのことを決めつけていた。

デュアロスは、目の前に突きつけられた現実に乾いた笑いが出た。

「ははっ……何が竜伯爵だ。ざまあないな」

前髪をくしゃりと握り潰しながらそう言ったデュアロスは、泣くのをこらえるためにわざと真逆の表情を浮かべていた。

絶望に打ちひしがれるデュアロスを前にして、ダリは目を細めて口を開いた。

「若様、敢《あ》えて伺いますが、これからどうなさいますか？」

たとえ今、ふて寝をすると言っても、きっとこの執事は許してくれるだろう。

そう思わせるほど、ダリの声音《こわね》は柔らかく穏やかなものだった。

しかし己《おのれ》に何が足りず、どこが間違っていたのかしっかり把握できたデュアロスは、そんな愚《おろ》かな行為をする気など微塵《みじん》もなかった。

「アカネに謝りたい」

謝って、自分の気持ちを伝えて、アカネの気持ちを聞いて――もし……本当にもし、ほんの少しでも自分に向ける情があるなら、ここに戻ってきてほしいと頼みたい。

そんな気持ちを凝縮してデュアロスが言えば、ダリはにっこりと笑った。

「かしこまりました。若様――アカネ様は王都郊外にあります、四代目ご当主様から譲り受けた当家の別邸におられます。我が娘二人と一緒にございます。もちろん護衛を各所に配置しておりますのでご安心を」

「そうか」

ひとまずアカネが近場の安全な場所にいることを知り、デュアロスは安堵《あんど》した。次いですぐさま自分もそこに行こうと扉に向かう。

だが、ここでダリは無情にも、デュアロスに待ったをかけた。

「若様、逸《はや》る気持ちは重々理解しております。が」

「……なんだ」

わざわざ言葉を止めてわざとらしい咳ばらいをするダリに、デュアロスは嫌な予感がした。残念ながら、それは現実となる。

「まずは、この書類をすべて片付けてからにしてください」

ダリがびしっと指を差したのは、デュアロスの執務机の上で山脈になっている書類の数々。

それらはこの数日、エセ異世界人が頻繁に現れ、その対応に追われていたせいで後回しになっていたもの。

「……改めて見ると凄い量だな」

「さようにございますね。ですが、緊急性のないものは、まだ別室に積んでおりますので」

「……そうか」

出端《でばな》をくじかれたデュアロスは、うんざりしたようにため息をつく。しかしダリは、とっとと机に座って仕事しろと無言で訴える。

「若様、やり始めればいつか終わりが来ます」

「……いつかじゃ困る。二日で終わらせる」

気合を入れたデュアロスは、どさっと席に着くとすぐさま書類を手に取った。

「あまり根を詰めすぎませんよう。――では、お茶をお持ちします」

一心不乱に書類を捌《さば》き始めた主《あるじ》の姿を一瞥《いちべつ》したダリは、仕事の邪魔にならぬよう、そっと扉を開けて廊下に出た。

†

ダリは廊下を歩きながら、ちらっと執務室を見る。

(このタイミングで仕事をしろなど、血も涙もないヤツだと思われても仕方がない)

でもダリとしては、すぐにデュアロスを送り出すことはできなかった。

竜伯爵家当主の責務を全《まっと》うしてもらわなければならないのはもちろんなのだが、それよりも、別邸にいるアカネに娘二人と恋バナをしてもらわないといけないから。

それに恋愛において、時には時間と距離を置くことも大事だとダリは知っている。焦《こ》がれる想いが、デュアロスの弱気を払拭《ふっしょく》してくれると確信を持っている。

そんなわけで、ダリは二、三日は書類という名の縄でデュアロスを執務机に縛り付けておこうと決めた。

ただ、それからエセ異世界人がやたらめったら出没したり、領地で季節外《はず》れの大雨の被害の対応に追われたりと、運悪くトラブルが重なってしまった。

そのため、デュアロスがアカネのもとに向かうことができたのは、十日後のこと。

ダリとしてはここまで引き延ばすつもりは、誓ってなかった。ただ単にデュアロスの日頃の行《おこな》いが悪かっただけである。

第四章　噛《か》み合う会話と、噛《か》み合わない息子

寝る時間を返上して、やっとデュアロスがダリの別邸へ足を運ぶと、サロンから姦《かしま》しい女性たちの話し声が聞こえてきた。迷わずそこに足を向ける。

そして扉をノックした瞬間――

「もう、グダグダ考えないで、デュアロス様に会いに行っておいでなさい！　絶対に仲直りできるから!!」

「無理!!」

扉越しに、そんな会話が聞こえてきて、デュアロスはビクッと身体を震わせた。拒絶の言葉を吐いたのは、まごうことなきアカネだったから。

デュアロスは、胸を槍《やり》でめった刺しにされたような痛みを覚え、ドアノブに触れていた手を思わず引きそうになる。

けれどそれをグッと堪《こら》えた。

（怖気《おじけ》づくな。こう言われることは、わかっていたはずだ）

これが嫌われないように己《おのれ》の殻に閉じこもっていた代償なのだと自分に言い聞かせる。そして、このまま逃げ帰るのか？　とデュアロスは自分に問いかける。

（ふざけるな。過《あやま》ちはもう犯さない。それに、仮に帰れとアカネに言われても、私が恥をかくだけだ）

恥ずかしい思いも、惨《みじ》めな思いも、無様な姿も自分だけが被《かぶ》ればいい。

そう思った途端、デュアロスはとても身体が軽くなった。気づけば扉を開けていた。

視界に最初に入ったのは、涙目でダリの娘二人を交互に見つめるアカネの姿だった。

（……こんな表情も可愛い）

思わず口元が緩《ゆる》みそうになる自分を叱咤《しった》して、デュアロスは口を開いた。

「たとえ君が無理と言っても、私はアカネともう一度、話がしたい」

†

いつもは綺麗に撫《な》でつけてある金髪が、少し乱れている。夕日が当たっているはずなのに、顔色が悪い。目の下に隈《くま》があるのがはっきりわかる。

でも、突然目の前に現れたデュアロスは変わらずカッコ良かった。

たった十日離れていただけなのに、自分でもビックリするほど彼に焦《こ》がれていたことに気づいてアカネは戸惑った。

けれども、すぐにそれよりもっともっと別のことでいっぱいになる。

未だに喧嘩《けんか》をしたままだという現実や、小指を噛まれたことや、黙ってラーグ邸を離れてしまったこと。

それらが雪崩《なだれ》のように頭の中に押し寄せてきて——なぜかわからないが、アカネは逃亡したくなってしまった。

ただ、自分の両隣にはリーナとルミィが腰かけており、「逃げるんじゃないよ」とでも言いたげに膝《ひざ》を押しつけてくる。

その間にデュアロスも、ゆっくりとこちらに近づいてくる。

大股で歩くデュアロスの表情は硬かった。でも、怒っているわけでも苛立《いらだ》っているわけでもない。引っ込み思案《じあん》の男の子が、入学式で勇気を振り絞って隣に座った相手に話しかけるときの顔に似ている。

(な、な、な、な、な、なんでそんな顔するの⁉)

状況がわからず、アカネは混乱を極めてしまった。

逃亡防止のために押しつけられたリーナとルミィの膝頭《ひざがしら》が痛いほどぐりぐり当たり、色んな意味で涙目になっているアカネ。その姿がデュアロスの目にどう映っているのかわからないが、彼は真っすぐな視線を向けてくる。

「アカネ、少しだけ君と話がしたい」

声まで硬いのかと思ったらそんなことはなく、耳にすんなり落ちる滑《なめ》らかな響きだった。

といっても、アカネは今、彼の声音《こわね》程度で落ち着きを取り戻せる状態ではない。

「ご、ご、ご、ごめんなさい‼　ちょ、ちょっとだけ時間をっ。あ、あのっ、すぐ戻りますので……ごめんなさいっ。失礼します！」

自分でも何を言っているのかわからないまま、アカネはあろうことかソファの背もたれ部分を跨《また》いでその場から逃げようとした。

しかし、長いドレスの丈が邪魔をして、背もたれに足を置いた途端、そのまま転げ落ちる。

（嫌だ！　最悪だ！　デュアロスさんに、こんな醜態《しゅうたい》を晒《さら》すなんてっ）

ぐるりと回る景色の中、そんなことを心の中で叫ぶと共に、衝撃に備えてぎゅっと目を瞑《つぶ》る。しかし、いつまでたっても床に叩きつけられる衝撃も痛みもやってこなかった。

代わりに自分の身体は、床にしては柔らかく、クッションにしてはちょっと硬い温かな何かに包まれている。

「ふぇ？　――っ」

あまりに驚きすぎて、アカネは悲鳴すら上げられなかった。なんとデュアロスに抱きとめられていたのだ。

対してデュアロスは、野生のクマに追われているかのごとく青ざめている。

「……あ、あの」

「怪我はないか!?　どこもぶつけてはいないか!?　痛むところはないか!?」

身を起こした途端に矢継《やつ》ぎ早《ばや》に問われ、アカネはこくこくと何度も頷いた。七回目に首を縦に動かした途端、ぎゅっとデュアロスに抱きしめられた。

「……良かった。心臓が止まるかと思った」

はぁーっと肺が空《から》っぽになるほど安堵《あんど》の息を吐いている。デュアロスの息が耳にかかり、アカネはぶるりと身を震わせた。

（いや、今まさに心臓が止まりそうな人がここにいるんですけど！　ここに！　いるんですけど!!）

そう言いたいけれど、唇がわななくだけで何の言葉も出てこない。とにかく頭の中がぐしゃぐしゃだ。

「アカネちゃん、大丈夫!?」

「ちょっと、そこから逃げるのはナシでしょ!?」

遅れて声をかけてきたリーナとルミィに、アカネははっと我に返った。

「デュアロスさん、あ、あのっ……ひとまず」

――お互い離れましょう。

そう言おうと思った。

だって今自分は、デュアロスに抱きとめられているというより、抱きしめられているという表現のほうが正しい状況なのだ。

ただ、それを最後まで言う前に、リーナがあっけらかんとした口調でこう言った。

「ま、悪いけど続きは外でやってくれるかしら？　これ以上はちょっとうちの子供に見せることができないから」

その言葉と同時に「ママー、書き取り課題終わったー」と甘える声がサロンに響いた。声の主は、リーナの子供、マナンだ。

「ママ、お兄様とお姉様は何をやっているの？」

無邪気にそんなことを尋ねるマナンは、齢《よわい》七歳の女の子。

（確かに、これは子供に見せちゃいけない）

アカネがそう思うと同時に、返答に詰まったリーナは曖昧《あいまい》な笑みを浮かべ、目だけで「さっさと出て行け」と訴えてきた。

ついさっきまで恋バナに目を輝かせていた姿はどこかに消え失せ、今は教育上よろしくない何かを見る目つきだ。

「……アカネ、少しだけいいか？」

尋ねながら腕を解くデュアロスは、大至急この場から離れたいオーラを全開にしている。

アカネとてこの状況で一人置いていかれた挙句、マナンに質問攻めにされるのは少々辛い。そのため即座に頷いた。


正面玄関を出て、デュアロスと並んで庭へ向かう。

夕暮れ時の庭園は全部がオレンジ色に染まり、初めてこの世界に来た日を思い起こさせる光景だった。

そして春と秋の差はあるけれど、昼間と夜の寒暖差が激しいのもまた同じで――

（……しまった。ショールくらい持ってくれば良かった）

びゅっと木枯らしが吹いたと同時に、アカネはぶるりと身体を震わせる。追い出されるように外に出たため、防寒対策がすっかり頭から抜けていた。

「……あの、デュアロスさん。ちょっと――あ」

何か羽織《はお》るものを取りに戻ろうと伝えようとしたら、肩にふわりと暖かいものがのせられてアカネは言葉を止める。

一拍遅れて、それがデュアロスの上着であることに気づいた。

「嫌かもしれないが、使ってくれ」

「……あ、でも」

「いいから使ってくれ」

少しきつめに言われ、アカネはついしゅんとしてしまう。

「あの……デュアロスさんは寒くは？」

「まったくもって寒くない。それより君が寒そうにしているのを見ているのが辛い」

「……っ!!」

好きな人からじっと見つめられ、そんな気遣う言葉をもらったアカネは常夏状態になってしまう。頬も熱い。首筋もうっすら汗ばんでいるのがわかる。だがしかし、上着は返さない。絶対に嫌だ。そんな意思を込めて、ぎゅっとデュアロスの上着を胸元で掻《か》き合わせれば、上着の持ち主は、ほっとしたように笑う。

（ナニコレ！　もう、ナニコレ!!　ちょっともう、ナニコレ!?）

つい先日の噛《か》み合わないやり取りが嘘のように、デュアロスと意思疎通ができている現実にアカネは眩暈《めまい》すら覚えてしまう。

「少し、歩こう」

「ひぁいっ」

アカネはナニコレ！　ともう一度心の中で叫んだ。

でもそれは、緊張しすぎて噛《か》んでしまった己《おのれ》に対しての全力の突っ込みだった。


半歩デュアロスにリードされながら、アカネはさして広くない庭をもくもくと歩く。歩こうと言われたから、口を閉じてただひたすら歩くことに専念する。

身体が火照《ほて》ったせいか、お借りしている上着からふんわりとデュアロスの香りが立ちのぼってくる。

(アンバーに似てる。でも、サンダルウッドの香りもする……ヤバい)

彼の香りを感じれば、どうしたって抱かれた日のことを思い出してしまう。

だから極力鼻ではなく口で息をしようとすると、今度は、はぁはぁと変態みたいな息遣いになってしまった。ならどうやって息をすればいいのだろうか。

まぁ、匂い一つでイタしたことを思い出すアカネは、既に変態に片足を突っ込んでいる状態だが、声に出していないのでとりあえずセーフにしたい。

対してデュアロスは、風が当たらない落ち着ける場所を探している。そして申し訳程度に造られた小さな東屋《あずまや》を発見して、アカネをそこに導いた。

「座って話をしたいんだが……いいか？」

東屋《あずまや》に到着すると、デュアロスはそう言って手のひらでベンチを示した。

「……はい」

こくっと頷いてベンチにちょこんと腰かけると、すぐさまデュアロスは向かいのベンチに着席する。

でも、「話をしたい」と言ったくせに、デュアロスは口を開こうとしない。

（……気まずい）

小さなハプニングが重なってこうして向かい合う形となっているが、実際のところまだ喧嘩《けんか》をしたまま仲直りだってしていない。

浮かれた気分は捨てきれないものの、やっぱり居心地の悪さを感じてしまう。

酷《ひど》いことを言ってしまったし、そのまま逃げるようにダリの別邸に向かってしまった。それらをなかったことにして彼の話を聞くことはできないと、アカネはぎゅっと膝《ひざ》の上で拳《こぶし》を握る。

「……なぁ――っ！」

「……あの――っ！」

とりあえず先日のことを謝ろうと思って口を開くと、デュアロスも同じタイミングで声を出す。

息を呑むタイミングまで一緒で、妙に気恥ずかしい。

（ううっ……こんなときは、噛《か》み合わなくてもいいのに。もうっ）

アカネはデュアロスの上着をさらに胸元で掻《か》き合わせながら拗《す》ねた。

ちらっと向かいのベンチに座る彼を覗《のぞ》き見する。てっきり自分と同じ表情を浮かべていると思いきや、予想に反して苦笑をしていた。

(な、な、なんか今日のデュアロスさん、余裕がアリアリなんですけどっ)

見間違いなのかもしれないとパチパチと何度も瞬《まばた》きをして再確認しても、やっぱりデュアロスはうっすらと苦笑いを浮かべているだけ。

ただ耐え切れなくなったのか、彼は突然小さくぷっと噴き出した。

「可愛いな」

「なぁっ!!」

馬鹿みたいな声が出た。

きっと今の自分は、笑えないくらいアホ面をしていること間違いなしだ。なのにデュアロスは、もう一度噛《か》み締めるように「可愛いな」などとほざく。

(この人、私を殺す気なの!?)

トキメキすぎると人は死んでしまうことをアカネは今初めて知った。

しかしデュアロスは、ワタワタするアカネを一瞥《いちべつ》すると、今度は表情を生真面目なものに変えた。

「アカネ、聞いてほしいことがある」

「……ふぁ……い」

やっぱり今回も緊張しすぎて変な返事になってしまった。

できればこの調子でスルーしてほしいと願いつつ彼を窺《うかが》い見ると、デュアロスはこちらがもじもじしたくなるほど綺麗な微笑みを浮かべた。ただすぐに表情を引き締めて口を開く。

「まずは、君に謝りたい。――アカネ、私は君をたくさんの言動で傷つけてしまっていた。すまなかった」

綺麗な所作で頭を下げるデュアロスに、アカネは驚きすぎて座ったまま飛び跳ねた。

そんな器用なことができる自分に状況を忘れてちょっとびっくりしたが、今はそれより何十倍も驚くべきことがある。

「と、とんでもないですっ。デュアロスさんは謝ることなんてしてないですよっ」

ぎょっとしながら首をぶんぶん横に振るアカネを否定するように、デュアロスはゆっくり首を横に振る。

傍から見たら、夕暮れの東屋《あずまや》で向かい合い首を振り合う光景は大変シュールに違いない。

ただギャラリーゼロで、当人たちもそれどころではないので気にしてはいけない。絶対に。

「……君からそんな言葉をもらえて嬉しいと思う反面、どうしていいのかわからなくなるな。だが、やはり私が君に対して失礼な態度を取り続けていたことは事実だから……納得できなくても、この謝罪は受け取ってほしい」

「……はぁ……あ、は、はい。では、ありがたくいただきます」

こんなスマートに謝罪を押し付けられたことなどない。

フランクに「うん！」と言えば、デュアロスの誠意を無下にしそうだし、だからといって正しい受け取り方なんてわからない。

そんなことを短い時間で考えた結果、ラクダがご飯を食べているように、もごもごと場違いな言葉を紡《つむ》ぐことしかできなかった。でも、デュアロスは今度は噴き出さなかった。

さっきよりは幾分か柔らかい表情を浮かべてはいるが、それでも真剣な目つきだ。いっそ笑ってくれたほうが気が楽になるというのに。

「あの……デュアロスさん」

「なんだい？」

ふわふわのパンケーキみたいな柔らかい声で返事をされて、アカネは脈が飛んだ。しかし、気合で不整脈を元に戻すと、デュアロスと同じように謝罪をする。

「……デュアロスさん、私も……つい勢いで、馬鹿なんて言っちゃってごめんなさい」

「いや、君が謝ることなんてない。まさにそのとおりだった。君が私のもとから去ったのも当然のことだと今は反省している」

ぐっと両手を組んだデュアロスは、自分の言動を心から悔《く》いている。しかし対面にいるアカネの頭にはたくさんのはてなマークが浮かんでいる。

(去った？　……え？)

どうやら、ここに来た経緯を恐ろしく勘違いしている。

「あのぅ……大変聞き辛いことを尋ねても？」

「ああ、構わない。何でも聞いてくれ」

「もしかしてデュアロスさん、私があなたのお屋敷にいるのが嫌になって逃げたと思ってます？」

「……そう判断したからダリが部屋の鍵を開けたと、私は聞いている」

少し間をおいて答えたデュアロスは、毒でも飲んだのかと聞きたくなるくらい苦しそうだった。すぐさまアカネはぶんぶんと首を横に振る。

「違うっ、違いますよ！　私、ダリさんに頼まれてここにいるだけです‼」

「……は？」

「ですからっ、デュアロスさんのお屋敷が嫌で逃げたわけじゃないんです。誤解されるような行動を取ったことは謝ります。ごめんなさいっ。でも……私、出産間際のリーナさんの話し相手になるためにここにいるだけで、もうちょっとしたら戻るつもりでした。本当です‼」

「……」

無言でいるデュアロスの表情は、不快というより〝してやられた〟といった感じのそれ。

さすがにここまであからさまな表情を見れば、鈍感なアカネでも何かあったのかわかる。

「……もしかして、ダリさんは鍵を開けたと言った際に、何か変なことを言ったりしたんですか？」

「変なことではないな。だが……まぁ、彼が私より大人だったというだけだ」

「そうですか」

アカネは納得はしていないが、追及することなく頷いた。ダリにはダリの考えがあってそうしたのだろう。

ただ一つわかることは、ダリは自ら進んで嫌われ役を買って出てくれたのだ。アカネは心の中でありがとうございますと手を合わせた。

次いで未だに自責の念にとらわれ、しゅんと肩を落としているデュアロスに視線を移す。

「あのう……今更ですが、誤解されないよう手紙の一つでも書いておけば良かったですね。ごめんなさい」

「いや、そんなことしなくていい。それよりも……」

「よりも？」

「どうか、戻ってきてほしい。君がいない生活は耐えられないんだ」

真剣な表情で頭を下げるデュアロスに、アカネの心臓はトクンと跳ねた。

「……私、戻っていいんですか？　ずっとあそこにいていいんですか？」

気づけばそんな問いを口にしてしまっていた。目の下に隈《くま》をつくってわざわざ自分に会いに来てくれた人に向けるべき質問じゃないとわかっているというのに。

それに彼が返してくれる答えは、きっと自分が望むものだろう。そうわかっているのに、狡《ずる》い聞き方をしたのはミゼラットの存在があったから。

元の世界とこの世界とでは、価値観も倫理観も違うことはなんとなくわかっている。

考えたくはないけれど、この世界では複数恋愛がアリなのかもしれないし、元の世界と同じように、同時進行の恋愛がタブーでも異世界人だけはノーカンなんていう法律があるのかもしれない。

そんなことを考える自分は、とことん自分だけが可愛い人間なんだと嫌になる。

なのにデュアロスは、穏やかな表情で手袋を外すと、アカネの小さな手を包み込む。直に触れる彼の手は、今日もやっぱりごつごつして、節ばっていて、温かい。

「当たり前じゃないか。どうしてそんなことを聞くんだい？」

「だって、ミゼラットさんが嫌がるかなって思って」

「君は戻るのを拒んでいるのか？」

ぎゅっと握られている手に力が込められ、アカネは無様にも「ううぅっ」と唸る。だがしかし、大きく深呼吸した後、ずっと胸に居座っているしこりを吐き出した。

「だって、デュアロスさんはミゼラットさんと男女交際してるんでしょ⁉」

「そんなわけないっ」

秒より早い速度で否定され、アカネはホッとするよりも驚いてしまった。

ただデュアロスはまだ言い足りないようで、目を丸くするアカネに向かって、まくし立てるように言葉を続ける。

「彼女は私の補佐の娘なだけで、特別な関係になったことなどないっ。私自身、彼女をそういう目で見たことは一度もないっ」

鬼気《きき》迫る表情で言い募られて、アカネの心に嬉しさがじわじわとやってくる。

（つまり、つまり、デュアロスさん今、フリーなんだ！　でもって、フリーの状態で私を迎えに来てくれたってことなんだっ。そうだよね⁉　そういうことなんだよね⁉）

一体誰に確認をしているのかわからないが、アカネは空の彼方《かなた》に向けて問いかける。

アカネはひゃぁーっと浮かれ踊りたい気持ちでいっぱいだ。

対してデュアロスは、国中の苦虫を噛《か》み潰したような顔つきになっていた。

「どうしてそんな馬鹿馬鹿しい勘違いを……ああ、そういうことか」

「はい？」

低く呟いたデュアロスの言葉の意味はわからないが、ミゼラットの発言は嘘だったのだ。おい、ちょっと待て！　ふざけるなっと文句の一つでも言いたいけれど、今はそれより優先させたいことがある。

「じゃあデュアロスさん、色んな誤解が解けたので仲直りってことでいいですか？」

「えっ、な、……仲直り？　私が……君と？」

アカネは喧嘩をしたと思っている。対してデュアロスは責任はすべて自分にあり、許しを乞う立場にあると思っている。

その認識の違いでデュアロスは『仲直り』という言葉が適切ではないのではと困惑していたのだが、それに気づかないアカネは焦《あせ》る。

アカネが大袈裟《おおげさ》すぎるデュアロスの謝罪を受け取ったのも、勇気を振り絞って質問したのも、全部仲直りがしたかったから。

(仲直りするつもりはないの？　じゃあ、なんで私に会いに来てくれたの⁉)

再び噛《か》み合わなくなった会話にアカネが泣きたくなった瞬間、デュアロスがおもむろに立ち上がった。

次いで、静かにアカネの前に膝《ひざ》をつき、彼女の手をそっと持ち上げながら口を開く。

「君の寛大な心に、どう感謝していいのかわからない。だが……ありがとう。今、私は……言葉にできないほど嬉しい」

そう言ってデュアロスは、アカネの指先に口づけを落とした。彼の唇が触れたところがじんと熱くなる。それは全身に広がり、甘い痺《しび》れをもたらした。

(ひやぁぁあっ、これラノベとかであるヤツ!!)

こんな気障《きざ》なことをするなんて、元の世界では何かの罰ゲームか、心の底からお近づきになりたくないナルシストしかいないと思っていた。

でもなんの躊躇《ちゅうちょ》もなく、またファンタジー映画のワンシーンのように違和感なくやってのけたデュアロスを見て、アカネはここはやっぱり異世界なんだとしみじみと思う。

そんなこと今考えること!? と突っ込みを入れたい気持ちは多大にあるが、アカネはちょっと斜め上のことを考えていないと悶絶死してしまいそうなほどアップアップなのだ。

「……デュ……アロスさん」

「なんだい?」

かすれた声でアカネが名を呼べば、デュアロスは指先に唇をつけたまま口を開く。

彼の吐息を指先に感じたアカネは、もぞっと身動《みじろ》ぎする。流れで手を離そうとしたけれど、なぜかそっと触れているだけのはずの彼の手はぴったりとくっついたまま。

「……ちょっと、一旦離れましょう」

「このままでは駄目か?」

しゅんと叱られた犬のような顔をして上目遣いでこちらを見るデュアロスが、あまりに尊すぎてアカネは片手で顔を覆《おお》った。

（多分、私、一生分の幸せをもらった。神様、マジありがとう！）

これまで初詣《はつもうで》に行っても、五円玉を手土産に他力本願と私利私欲のことしか祈らなかった自分なのに、こんな幸運を与えてもらっていいのだろうか。

一方で、こういうことを考えるときは大抵変なフラグが立つんだよなと冷静に考える。けれども、アカネに待っていたのは更なる衝撃だった。

「私は、君のことが、好きだ」

「っ!!」

低くかすれた声で、一つ一つの言葉を丁寧に、温かい口調でそう言ったデュアロスは、今までで一番綺麗な顔をしていた。

（……夕日と、イケメン。マジ最高）

紡《つむ》がれた言葉があまりに信じられないものだったので、思考停止状態になったアカネはとりあえず貴重なご尊顔を食い入るように見つめる。

「……アカネ」

「はい」

「私の気持ちを押し付けるつもりはない。ただ……知ってほしかったんだ。たとえ、君に元の世界に好いた人がいても、この世界で誰かに心を寄せていても。それでも、君のことが好きだ……だが」

「……だが？」

赤面必至の台詞《せりふ》が不意に途切れ、アカネはガッチガチになりながらも続きを促《うなが》す。かなりの間の後、デュアロスは再び口を開いた。

「君の気持ちを聞かせてほしい」

そう言ったデュアロスの顔はいつになく真剣で——何かに怯《おび》えているように見えた。

(……え、嘘でしょ!?)

だってこんなにカッコよくて、優しくて、気障《きざ》な動作も様《さま》になって、王子様より王子様みたいなのに、こんなド庶民の自分の言葉にビクつくなんて逆にこっちが挙動不審になりそうだ。

アカネはごくりと唾を呑む。気持ちを聞かせてくれと言われたんだから、素直に言えばいいだけなのに、なんでこんなに緊張するんだろう。

でも、返事を待っているデュアロスにしたら、たったこれだけの時間でも辛いのだろう。紫眼が痛々しいほど揺れている。

その表情は、元の世界で告白をした後、相手の返事を待つ男子と同じだった。

(そっかぁ……私が勝手に神格化しているだけで、デュアロスさんだって、どこにでもいる普通の男性なんだ)

そう思ったら、すとんと肩の力が抜けた。自然に笑みがこぼれる。

「私、デュアロスさんのことが好きです」

あれだけ緊張したのが嘘のように、すんなりと気持ちを言葉にすることができた。

ただ、告白を受けたデュアロスはぽかんとしている。

「あの……私、何か変なことを言いましたか?」

「……いや、でも」

「でも？」

「アカネ、今一度確認させてほしい」

思わずムッとして聞き返すと、デュアロスは切実そうにそんな願いを口にする。

ちょっとだけぶすっとしたまま「どうぞ」と言ってしまったが、仕方がない。

「……君は、誰のことを好きなんだ？」

「あなたです」

「……私？」

「そうです」

「君が……私に好意を持ってくれている？」

「そうです。っていうか、私、ずっと片想いしてました」

「……誰が？」

「いや、ですからっ。私、デュアロスさんのことずっと好きで、片想いしていました！」

「……そうなのか」

「そうです！」

ドラマティックな展開で両想いになれるなんて、これっぽっちも思っていなかったが、何が悲しくてこんな半ギレの告白をしないといけないのか。これはあんまりだと、アカネは完璧に拗《す》ねていた。

対してデュアロスは、信じられないといった表情を浮かべたまま、またお得意の上目遣いで口を開く。

「……君の隣に座ってもいいか？」

恐る恐る尋ねてくるデュアロスに、本当は駄目と意地悪を言いたい。でも——

「どうぞ」

拗《す》ねていたって、好きな人が隣に座ってくれるなら嫌なんて言えない。アカネはお尻をちょこっとだけ動かしてデュアロスのためにスペースをあけた。

アカネの隣に着席したデュアロスは、無言を貫いている。でも、ずっと手は握られたまま。

それが彼の気持ちの表れだとアカネは信じたいけれど、いかんせん何も言ってくれなきゃ妄想《もうそう》の域を出ない。

（何を考えているのか、さっぱりわかんない！）

ついさっき中身は普通の男性なんだと思えたけれど、黙ったままのデュアロスの顔は整いすぎていて感情を読み取ることが困難だ。

「——君は」

「ひゃいっ」

ついうっかり綺麗な横顔に見入っていたら、不意にデュアロスがこちらを向いたので、アカネは飛び上がらんばかりに驚いた。

「驚かせて悪かった。……続けてもいいか？」

「どうぞ、どうぞどうぞ」

元の世界の大御所芸人みたいな口調で言えば、デュアロスは小さく笑う。

ネタで笑ってくれたわけじゃないのはわかっているが、彼が笑ってくれたことにアカネは拗《す》ねていたことも忘れ、ほんわかと嬉しくなる。

でも次のデュアロスの言葉で、目を丸くする羽目になる。

「私は君に嫌われていると思っていた」

「へ？　なんでですか？」

「……私は君に嫌われたくないと思っていたせいで……結果として君に嫌われるようなことばかりしていたから」

「は？」

あまりに意味不明なデュアロスの言葉に、アカネは首を傾《かし》げることしかできない。

「嫌われるようなことなんてしていないと思いますけど？」

「いや……私は何の説明もなく君を監禁してしまった。その後も、君の話をちゃんと聞こうとしなかった。……何度顔を合わせても、結局は逃げるように君のもとから去ってしまっていた」

「……あー」

言われてみれば、確かにそのとおりだ。

もし元の世界でデュアロス以外にそんなことをされたら、間違いなくアカネは法廷で会おうと口にしただろう。

けれど、そんなことは欠片《かけら》も思わなかった。それは彼のことが好きだったから。でもそれだけじゃない。アカネは、デュアロスに疎《うと》まれたくなかったのだ。

土地勘もない。貨幣も持ち合わせていない。住むところだってない。そんな状態で、この世界で生きていくためにはデュアロスを頼るしかなかった。

だから言いたい言葉を呑み込んで、自分が傷つかないように先回りして、悪いことばかり考えて口にしていた。

しかし今、その絡まった糸をほぐすときが来たのだ。

「だってデュアロスさんは、……えっちしたことを誰にも知られたくないとかそんな理由じゃなくて、ちゃんとした理由があって、私を部屋に閉じ込めたんでしょ？　会話が噛《か》み合わないのは、住んでいた世界が違うってのもあったと思いますし……」

最後はもにょもにょと不明瞭な言葉で誤魔化《ごまか》してしまい、我ながら狡《ずる》いなとアカネは恥じる。しかしデュアロスは、尊《とうと》い何かを見るような表情になった。

「そんなふうに言ってくれる君から好きだという言葉をもらえたことを誇りに思う。ありがとう、アカネ」

誓いを立てるかのように芯の通った声で言われ、アカネは面映《おもは》ゆさでどうしていいのかわからなくなってしまう。それでも――

「私も、デュアロスさんに好きって言ってもらえて嬉しいです。……でも、ちょっと照れくさいですね」

えへへっとアカネが素直な気持ちを伝えると、デュアロスもつられるように笑った。その彼の笑みは、これまで見てきた中で一番綺麗なものだった。

（うう～ん……それにしてもデュアロスさん、いつ私のこと好きになってくれたんだろう）

うっとりとデュアロスの笑みに見惚《みと》れているアカネであるが、頭の隅にふとそんな疑問が浮かぶ。

正直、元の世界では平凡な容姿、学力は人並み程度、運動神経は中の下、これといって特技もないし、こっちの世界で何か特別な功績を挙げた実績もない。

つまり、こんなハイスペックな男性に好きになってもらえる要素はどこにもない。あるとしたら、彼が物凄く物好きという可能性くらいだ。

――と、ここまでつらつらと頭の中で思考を巡らせていたアカネは、監禁中に売り言葉に買い言葉で言ってしまった大きな嘘を訂正していないことを思い出した。

こうしちゃいられない。せっかく奇跡的に両想いになったのに、後々しこりが残るようなことは絶対に避けたい。

上手《うま》く言葉にできないけれど、この恋はこれまでのとはちょっと違うような気がするのだ。

今までで一番大事にしたいし、誤魔化《ごまか》したり逃げたりしちゃ、多分、一生後悔する。

「デュアロスさん、私、どんなに相手が苦しんでいたって、どんなにたくさんの恩があっても、好きっていう気持ちがなければ、えっちなんてできません」

あの時は見栄を張りたいというより、ミゼラットの言葉を鵜呑《うの》みにして、かつ二人の仲を慮《おもんぱか》って、そんでもって自分も傷付きたくないから、架空の彼氏を脳内で即席製造してしまったのだ。

付け加えると、この数日間リーナとルミィの会話で知ったことがある。この世界――特に貴族社会ではフランクに誰かと付き合って別れて、また別の人と付き合うなんてことはありえないということを。

正直、アカネの元の世界の基準からすれば理解できない。だが、逆を言えば彼だって同じ気持ちなのだ。

その証拠にアカネの言葉を聞いたデュアロスは、何とも言葉にし難い複雑な表情になる。

「君には元の世界に……婚約者がいたんじゃないのか？」

「いません！　私、フリーです!!」

「だが君はあの時……その……途中で言ったじゃないか。ここからは初めてだって――んぐっ」

とんでもない発言を聞いてしまいそうな予感がして、アカネは慌ててデュアロスの口を両手で塞《ふさ》いだ。

「これ以上は言っちゃ駄目です、デュアロスさん！　……あ、あのですね、理解できないかもしれませんが、私がいた元の世界では、気軽に恋人を作ってもいい世界だったんです。で、でも……私、誰とでもヤッちゃうような尻軽な女じゃないんです！　あとこの前、元の世界に恋人がいるようなこと言ったけど、嘘です！　いません！　あの時は嘘言って本当にごめんなさい!!」

アカネはデュアロスの口を塞《ふさ》いだまま、ぶんっと音がしそうな勢いで頭を下げようとしたけれど――

「もう、いいよ。アカネ」

やんわりと手を外され、これまでで一番優しいデュアロスの声音《こわね》に遮《さえぎ》られた。次いでぎゅっと抱きしめられる。

「アカネの気持ちはよくわかった。……正直、気にしてなかったと言えば嘘になる。愚かにも人生で初めて嫉妬《しっと》という感情を覚えてしまった。でも、君に他に恋人がいるなどという嘘を言わせてしまったのは、私がどうしようもなく不甲斐《ふがい》なかったからだ。君が謝る必要なんてない。いやむしろ、そんな嘘を言わせて悪かった」

「いや、でも」

「でも、じゃない」

きっぱりと言い切られてしまうと、他に何と言い返せばわからなくなり、アカネは口を噤《つぐ》んでしまう。

それをデュアロスがどう受け止めたのかわからない。でも、自分を抱きしめる腕は更に強さを増し、耳には吐息まじりの言葉を落とされる。

「……つまり、私は数多くいた君の恋人候補の中で選ばれた唯一の人間っていうことなんだろう？」

「ひゃい」

まるで自分が女神にでもなったような錯覚を覚えてしまって、アカネから変な声が出る。なのに、デュアロスはとても誇らしそうだ。

そんな彼を見て、アカネは慌てて訂正する。

「あ、あの……といっても、私そんなにたくさんの人と付き合ってなんか——ふごっ」

デュアロスは己《おのれ》の手のひらでアカネの口を強制的に塞《ふさ》いだ。

「アカネ、それ以上は言わなくていい」

「……はい」

自分でも余計なことを喋《しゃべ》った自覚があるアカネは素直に頷いた。

デュアロスは手を離し、形の良い唇がごく自然に「これ以上ないほど光栄なことだ」と紡《つむ》ぐ。

あまりに幸せすぎて、アカネはこれが夢ではないかと不安になって己《おのれ》の膝《ひざ》を強くつねる。涙が滲《にじ》むほど痛かった。

大いなる勘違いをしていただけで、デュアロスは自分のことだけが好き。

じんじんと痛む膝《ひざ》が、まっこと信じ難いそれをちゃんと肯定してくれる。

この幸せが夢オチという結末にならなくて済む現実に、アカネは感情が抑え切れなくなり、目の端に涙が滲《にじ》んだ。

そして、嗚咽《おえつ》を堪《こら》えようとしたらしゃっくりみたいな変な声が出た。

「――自惚《うぬぼ》れていいなら、アカネが泣いているのは辛いとか、悲しいとか、そういう類《たぐい》の涙ではないと思いたい」

「ぞ ゙うでず。……嬉じ涙でず」

耳元で囁《ささや》かれ、アカネは小さく頷いた。

本当は豪快に頷きたいが、涙と鼻水はセットなもんで、今、首より上を動かすのは危険が伴う状況なのだ。

幸いデュアロスは察しが悪いタイプではないようで、わずかな仕草だけでちゃんとわかってくれた。

デュアロスは腕を緩《ゆる》めて下から顔を覗《のぞ》き込んできたと思ったら、ふわりと笑って口を開く。

「泣き顔も可愛い」

「もうっ」

思わず拳《こぶし》で彼の胸を叩いてしまったアカネを暴行罪に問う者はいないだろう。ただ次の行為は、軽めの公然わいせつ罪にあたるかもしれない。

「……アカネ」

照れ隠しでポカポカと胸を叩くアカネの手首をやんわりと掴んだデュアロスは、かすれた声で名を呼びながらそっと唇を寄せた。

「……ん、んぁ」

夕闇に染まった東屋《あずまや》に、アカネの吐息まじりの甘い声が響く。

触れるだけの口づけは角度を変えながら何度も続き、次第に激しさを増していく。

(うわぁー……もう……うわぁー。もう……ねぇ、ちょっ、すごいんですけど!!)

アカネは心の中で叫びながら、デュアロスの激しい口づけに身を任せることしかできなかった。

「――じゃあ、そろそろ帰ろうか。……一緒に」

太陽が西の空からすっかり姿を消すと同時に、デュアロスは立ち上がりアカネに手を差し伸べた。

「はい」

丁寧に「一緒に」と紡《つむ》いでくれたことにキュンとなりながら、アカネはデュアロスの手をぎゅっと握る。

風の流れに消されてしまったデュアロスの小さな笑い声はとても綺麗で、アカネはさらに笑みを深くする。

夕方のしっとりとした花の香りも、木々のざわめきも、二つの長く伸びた影も、きっと一生忘れないくらい美しいもので——アカネはしばらくの間、この光景に目を奪われた。

†

久しぶりにラーグ邸の玄関扉を開けると、ダリをはじめとした使用人一同が玄関ホールに整列していた。

そして一糸乱れぬ動きで「おかえりなさいませ」と礼を執《と》られ、アカネは少しだけ引いた。

なんだか仰々《ぎょうぎょう》しいなと思いつつも、アカネはデュアロスと手を繋いだまま「ただいま」と言う。

デュアロスは、半歩後ろにいる。だから今の彼の表情をアカネは見ることができなかったが、とても満ち足りた笑みを浮かべていた。

アカネは残念ながらそれに気づくことはなく、真っすぐダリのもとに向かい燕尾服の袖を引っ張って、今回の一件のお礼を伝えた。目尻の皺《しわ》を深くした有能執事から無言のお辞儀が返ってくる。

それからアカネはデュアロスと共に夕食を取り、部屋に戻った。

もちろん監禁部屋ではない。この世界に来た初日に与えられた、豪奢な日当たりのいい私室に。

「……ふぁーあ」

天蓋《てんがい》付きのベッドにゴロンと転がったアカネは、豪快なあくびをする。今日一日……というか数時間で、ものっすごく色んなことが起こったのだ。

「ふっ、ふぇへっ、へへっ」

アカネは、緩《ゆる》み切った顔のまま枕をぎゅっと抱きしめた。

(恋人ができた！ 彼氏ができた！ デュアロスさんと恋人同士になっちゃった!!)

何を今更といった感じだが、怒涛《どとう》の展開が続いて気持ちが追いついていなかったのだ。そんなわけで、一人になった今、ようやっと喜びを噛《か》み締めていたりする。

(はぁー……でも、もうちょっと一緒にいたかったな。でもデュアロスさん、お疲れみたいだし……仕方ないか)

夕食は一緒に食べたけれど、デュアロスの目の下には痣《あざ》のようにくっきりとした隈《くま》が鎮座していた。

あまりに痛々しいその姿に、思わず大丈夫ですか？ と気遣う言葉をかけたら、平気だと言われてしまった。平気な要素が何一つ見つからないし、強がりにも程がある。

でもその小さな嘘が自分を気遣うためのものだというのはちゃんと伝わっているから、アカネは食事を終えてすぐに自室に戻ったのだ。そうすれば、デュアロスは早めに休んでくれると思って。

本音を言えば、もうちょっとデュアロスと一緒にいたかった。手を繋いで、他愛もないお喋《しゃべ》りをしたかった。

「ま、明日でいっか」

なにせ同じ屋根の下、恋人同士になったのだ。これから時間はいくらでもある。

などと自分に言い聞かせたアカネは、「グヘヘ」とだらしなく笑った。恋人同士というワードに反応して。

一人で勝手にここまで幸せになれるのだから、アカネはエコな人種である。ただ、アカネの恋人は手間がかかる非エコな人種のようで……

――コン、コン。

ふいに響いたノックの音に、ゴロゴロとベッドの端から端まで転がりながら、デュアロスとのアレコレを思い出していたアカネはガバリと身を起こした。今は真夜中ではないが、部屋を訪ねるには少し遅い時間である。

（……誰……かな？）

首を傾《かし》げながらアカネが扉を開けると、そこにはデュアロスが立っていた。

扉の前に立っている彼は、既にお風呂に入ったようでゆったりとした部屋着に着替えている。

湯につかったおかげか表情はさっぱりとしていたけれど、疲労の色は相変わらずだった。

洗いざらしの金髪はしっとりとしている。もしかして……いや、もしかしなくても、お風呂から上がってすぐ、ここに足を向けてくれたようだ。

「……えっと、どうされましたか？」

お風呂に入ってから、恋人の部屋に来るなんて目的は一つしかない。

そう勝手に決めつけたアカネは、ドギマギしすぎて変に声が硬くなってしまう。

けれどもデュアロスが浮かべている表情は、寝る前に恋人とイチャイチャしたいといった感じではなかった。

「少し……話したいことがあって。中に入ってもいいか？」

「あ、はい。どうぞ」

神妙な口調で尋ねられて、アカネは心を不穏に揺らしながらも彼に入室を促《うなが》す。するとデュアロスはさらに表情を硬くさせ、カウチソファに腰かけた。

（え、まさか……やっぱナシ的な話？）

嫌な予感がしたアカネは、扉を閉めてもその場から動けない。

「アカネ、隣に座ってくれるか？」

「あ、はい」

ひとまず彼の傍に着席できる権利を与えられ、アカネはほっと胸を撫で下ろす。

だが、デュアロスの表情は相変わらず糖分ゼロ。だからアカネは、指定された場所に座っても笑みすら浮かべることができない。

俯《うつむ》いたアカネに、デュアロスが静かに口を開く。

「まず、こんな遅い時間に来てしまって……すまない」

「いえ」

「でも……どうしても、早めに伝えておいたほうがいいと思ったんだ。これから先のことを考えると、小さなわだかまり一つ残したくないと思って」

（……つまり、前向きなお話ってこと？）

俯《うつむ》けていた顔を上げる。デュアロスが思ったよりもずっと近くにいたので、ちょっと動いただけで彼の肩にぶつかってしまった。

「あ、ごめ」

「いや……このままで」

デュアロスと距離を取ろうとしたけれど、それを拒むように膝《ひざ》に手を置かれる。寝間着《ねまき》越しとはいえ、なんだか気恥ずかしい。

「どんな……お話なんですか？」

別れ話的なものではないようだが、何やら気まずい内容になる予感がする。

ある程度心の準備が必要だと判断したアカネは、かすれた声でデュアロスに尋ねる。

「君を監禁するに至った事情を、きちんと話すべきだと判断した」

「……はい？」

想像すらしていなかった返しに、アカネは間の抜けた返事しかできなかった。

「……だから」

「はい」

「これから話すことは、君を怖がらせてしまうし、過去のことを思い出して不快になるかもしれないが……それでも聞いてほしいんだ」

「……はぁ、まぁ……聞くのは聞きますが……はい」

わざわざ前置きをするということはよほどのことなのだろう。許されるなら、そんな話は聞きたくない。

でもそうやって、傷つきたくないからと先回りして目を逸《そ》らしてしまったら、元の世界での失敗を繰り返しそうな気がする。

だからアカネは、勇気を出してデュアロスに問うた。

「あの……それってデュアロスさんに関する女性ネタですか？」

「欠片《かけら》もない」

しかめっ面で即答され、アカネはちょびっとだけ肩の力を抜いた。

しかし安堵《あんど》したのも束の間。なら一体全体なんでまた監禁なんてされたんだろうという新たな疑問が浮かび上がる。

(あ、だからデュアロスさんは話そうとしてくれているのか)

しばし遠回りしてしまったが、アカネはしゃんと背筋を伸ばしてデュアロスと向き合った。

「では、前向きな気持ちで聞かせていただきます」

「ああ。そうしてもらえるとありがたい」

わずかに顔をほころばせたデュアロスは、それから感情を抑えて淡々と語り出した。監禁した理由を。

デュアロスはまず、異世界人とフィルセンド国の関係について語った。

遥か昔、戦争中に異世界人が現れ、劣勢だった状況をひっくり返してくれた恩があるため、英雄と呼ばれるようになったこと。そのとき、異世界人を護衛していた騎士が、竜伯爵と呼ばれるようになったことも。

竜伯爵は貴族であるが、騎士の家系である。異世界人のために生まれた爵位は、身を挺《てい》して異世界人を護るためのものであり、また時として、国を相手に剣を向けることが許されるのだ。

という説明をした上で、現国王陛下が国のステイタスを上げるためにアカネを息子の妻にと望んでいたことを伝えた。

その息子とは、アカネがよく知る人物であった。それを知ったときのアカネの顔は見ものだった。

「え？　嘘、アレが？」と、不敬罪確定の台詞《せりふ》をうっかり吐いてしまったけれど、デュアロスのお耳は都合よく右から左に聞き流してくれた。

それから、最後にアカネを監禁した理由を語った。

実際のところ、アカネが過ごした鍵付きの部屋は、本来監禁するためのものではなく、異世界人を護《まも》るために造られたもの。

そしてあのとき――アカネが外出したのを聞いたデュアロスは、このままではアカネが国の犠牲になってしまうのではないかと懸念を覚え、世界で一番安全な部屋に閉じ込めただけだった。

「――……結局は、私の醜《ひど》い嫉妬《しっと》心からそうしてしまったんだが……。本当に、すまなかった」

「いえいえっ。とんでもないですっ」

深く頭を下げたデュアロスに、アカネは彼の肩をがっしりと掴んで首を横に振る。

まったくもって想像していなかった真相だけに、アカネにも大変罪悪感がある。だから一刻も早く顔を上げてほしい。

なのにデュアロスはぜんぜん顔を上げてくれない。つむじを晒《さら》したまま、微動だにしない。

「……もうっ、顔を上げてくれなかったら、チューしちゃうんだから」

つむじをつんつんとしながらアカネは拗《す》ねた声を出す。でも、デュアロスは動かないまま。しかも、ぼそっとこんな呟きが聞こえてきた。

「そんなことを言われたら、顔を上げられない」

「……っ」

アカネは墓穴を掘ったことに気づいた。

(自分からキスするのは……はずいっ。無理！)

もらえるのならいくらでも欲しいソレではあるが、自分からとなると話は違う。

そんなわけで、アカネはそそ……とデュアロスから距離を取ろうとした。だがしかし、それを予期していたのか、目にも留まらぬ速さで腰に太い腕が絡みつく。

さすが騎士様だ、鍛《きた》え方が違うと言いたいところだけれど、できればここは彼からしてほしかった。

「アカネ、君から言い出したのだから責任を取るべきでは？」

「……う、うう」

まるで気難しい上司のような物言いなのに、甘さがふんだんに含まれている。ちろっとこちらを見上げる彼の顔は悩殺モノ。

スマホを手にしていたなら連写すること間違いなしのデュアロスを見て、アカネはむぐぐっと呻く。

（……なぁーんにも知らずに、フラフラと遊びに行っちゃったことと、イタしたことを隠そうとしたなんて酷《ひど》い誤解をしちゃったお詫びだと思ってやるしかないか）

もちろん、なあなあにする気はない。ちゃんと謝る。でも、そんなふうに自分に言い聞かせないと、恥ずかしくてできそうもないのだ。

「……じゃ、じゃあ、いきますよ」

「ああ」

ぎゅっと拳《こぶし》を握ったアカネは床に下りて膝《ひざ》をつく。そしてデュアロスの頬を両手で挟んだ。

「目、閉じてください」

「……ああ」

よく調教された犬より従順なデュアロスに悶絶しながらアカネも目を閉じ、ぎこちなく彼の唇に己《おのれ》の唇を押し当てた。

（そういえば、自分からこんなふうにキスするなんて初めてだな）

むにゅっとデュアロスの唇に己《おのれ》のそれを当てながら、ふと思う。

しかしそんなことを考えられたのは、一瞬だけだった。手首を掴まれたと思ったら、あっという間にデュアロスにキスの主導権を握られてしまう。

「……っん、ちょ、待ってください」

巧みなデュアロスの舌遣いにうっとりとしかけたアカネであったが、理性をかき集めて待ったをかける。

このまま有耶無耶《うやむや》にしてはいけないことがある。デュアロスは疲れているにもかかわらず、わざわざ大切な話をしに来てくれたのだ。

それは、これから先のお付き合いをより良いものにしようという気持ちから。その気持ちはとっても嬉しいし、大事にされていると強く実感できる。

(……でも、受け取るだけじゃ何か違う)

アカネだって、デュアロスを大事にしたいのだ。この恋を長く大切にしたいと思っている。

だから、自分が勘違いしていたことをちゃんと謝りたい。胸を張ってデュアロスと恋人同士だと言えるようになりたい。なりたいのだけれど――

「待てない。アカネ、もう少しこのままで……足りないんだ」

ついばむようなキスを落としながら、デュアロスはかすれた声でおねだりをする。

「や……ま、待って。その前に謝りたいんです、私」

そりゃあ、アカネだってこのままイチャイチャしたい。でも、伝えるのは今がベストなのだ。だからアカネは仰《の》け反《ぞ》るような姿勢になって、デュアロスから距離を取った。

けれども、今度は彼の腕が伸びてきて、アカネはソファに押し倒されてしまった。

「デュ、デュアロスさん、ちょっとでいいから聞いて。あのね――」

「アカネが謝りたいって言っているのは、ミゼラットと私の関係を疑っていたことか？　それとも、私に内緒であの男と出かけたことか？」

「……っ」

的確に指摘され、アカネは小さく息を呑んだ。そんなアカネの額に口づけを落としながら、デュアロスは小さく笑う。

「どちらも気にすることじゃない。元はと言えば私が不甲斐《ふがい》ないからだ。だが」

中途半端なところで言葉を切ったデュアロスに、アカネは首を傾《かし》げた。

「だが、もう……お互いのことを自分勝手に探《さぐ》るのはやめよう。わからないことがあったら、私はアカネにちゃんと聞く。アカネもそうしてくれたら嬉しい」

デュアロスの提案は最初からそうすれば良かったと後悔するほど、ストンと胸に落ちるもので――遠回りしたこのすれ違いの出口を見つけられたような気がして、アカネは満面の笑みで頷いた。

告白をしたり、されたりして、恋人同士になる。

そうして他の人たちと同じような付き合い方をするのが、アカネにとっての恋愛だった。

心に引っかかることがあっても、どうして？　と疑問に思うことがあっても、相手が嫌な気分にならないようにすることのほうが優先で……どれだけわだかまりを抱えていても、それを相手にぶつけることはしなかった。

でも、デュアロスは、どんなことでも聞いてほしいと言ってくれた。二人で解決していこうと言ってくれた。

もしかしたら一般的な男女交際において、それは当たり前のことなのかもしれない。

しかしアカネにとっては、手を繋ぐことより、キスをすることより、身体を重ね合わせることより、もっともっと心に響くことだった。

「デュアロスさん、大好きです！」

感極まったアカネは、覆《おお》いかぶさるデュアロスの背に手を回してぎゅっとしがみつく。

不意をつかれたデュアロスは、慌てて背もたれに手を置いてバランスを取った。

「……危ない。アカネを押しつぶすところだった」

「えー。押しつぶされたかったから、そうしたのに」

焦《あせ》るデュアロスが何だかおかしくて、アカネは不満げな声を上げながらもくすくすと笑う。

そして、すすすっとデュアロスの背中をなぞるように自分の腕を移動させ、今度はその太い首に巻き付ける。するとデュアロスは、少しだけ苦しそうな表情を浮かべた。

「あ、苦しかったですか？」

「いや、違う」

「じゃあ……こういうこと嫌……とか？」

「まさか。むしろ喜ばしい」

望む返答をしてくれているのだが、デュアロスは未だに苦しげな様子だ。

だからアカネは言葉のままに受け取れず、そろりと腕を離して身を起こそうとする。しかし、なぜか彼に止められてしまった。

「まず、私が離れるから」

「へ？」

ついさっき、がっつりキスをした仲だというのに、なぜそんな他人行儀になるのだろう。

アカネは、ますます訳がわからず首を傾《かし》げる。

けれど無意識に動いた膝《ひざ》がデュアロスの身体の一部に当たった瞬間、理由がわかった。

「……すまない」

「……あ、いえ」

居心地悪そうに謝罪をするデュアロスの首筋は、ほんのりと赤い。無論、アカネも同じように赤面している。

（男の人って、誤魔化《ごまか》しがきかない部分があるから大変だよね）

どこで彼のあっちのスイッチが入ったのかは定かではないが、こういう状態になってしまったデュアロスの分身を感じて、アカネはもじもじとしながらも、実はかなり嬉しかった。

デュアロスの息子が目を覚ましてくれたことに、アカネは自分が女として価値があることを再確認できて、とてもごきげんになる。

対してデュアロスは素早く身を起こすと、「ちょっと待っててくれ」と言い捨てて、ソファの端っこに移動した。

デュアロスはアカネに背を向けているが、それは拒絶しているわけではない。

多分、深呼吸をすることで気持ちを落ち着かせ、ご子息様をニュートラル状態に戻そうとしているのだろう。

そんな彼の仕草がいじらしくて、アカネはちょっとだけイタズラを仕掛けたくなった。

「デュアロスさん、こっち向いて」

がばりとデュアロスの背中に抱きついて、そんなおねだりをすると大きな背中がびくりと跳ねた。

「ま、待ってくれっ」

「嫌、今すぐこっち向いてください」

動揺しているデュアロスを見たくてワガママを重ねれば、デュアロスは本気で困ったように小さく呻く。でも抱きついたアカネを嫌がる素振りは皆無だった。

だがしかし、アカネは何かに気づいてぱっとデュアロスから離れた。

(いけない、いけないいっ。今日はデュアロスさん超お疲れモードだった！　忘れてたっ)

嬉しさのあまり、ついつい調子こいてしまったけれど、一刻も早く眠りについて目の下の隈《くま》を取ってほしい。そりゃあ、イチャイチャしたい気持ちは残っているけれど。

などとアカネが、まあまあ大人の結論に至ろうとしていたが、ここで名案が閃《ひらめ》いた。

「あ、そっか」

「どうした？」

背を向けたまま首だけ振り返ったデュアロスに、アカネは今しがた思いついたそれを口に出す。

「一緒に寝ましょう、デュアロスさん」

「は？」

「ですから、今日はこの部屋で一緒に寝ましょう！」

心は離れがたい。でも、身体も労《いたわ》ってほしい。

そんな二つの欲求を満たす案はこれしかないと結論づけたアカネは、デュアロスの返答を待たずにソファから立ち上がる。次いで、強引にデュアロスの腕を引っ張ってベッドへと誘う。

「ちょっとゴロゴロしていたからシーツに皺《しわ》が寄っちゃったけれど、どうぞ」

「い、いや……待ってくれ」

「え？　デュアロスさんは誰かと一緒に寝ると熟睡できない派ですか？」

まだ正式に付き合い始めて数時間。知らないことのほうが多いため、アカネは真顔でデュアロスに問いかける。

しかし返ってきたのは、歯切れの悪い不明瞭な言葉。だからアカネはこう言った。

「じゃあ、いっぺん試してみましょう。私、デュアロスさんと一緒に寝たいですし」

「……そうか」

好きな人から一緒に寝たいと言われて、それを断る男がどこにいるのだろう。

そんな気持ちから、デュアロスはアカネの提案を受け入れてしまった。けれども、単なる睡眠だけで終われる自信は皆無だった。

†

（……まさか、こんな流れになるとは）

アカネに手を引っ張られながら、デュアロスは混乱を極めていた。

今日、こんな夜中に彼女の部屋を訪れたのは、監禁してしまった経緯をきちんと伝えようと思ったからである。

だがしかし、デュアロスとしてはそれは前説《まえせつ》のようなもの。

これまでの己《おのれ》の罪を洗いざらい語り、そして改めてアカネにプロポーズをしようと思っていた次第なのである。

なのに、どう切り出せばいいのかわからずもたもたしていたら、なぜか共にベッドに入る流れになってしまった。

（待て待て待て。頼む、待ってくれ）

そりゃあプロポーズを先延ばしにした自分に非があることはわかっている。

しかし、あのとき——東屋《あずまや》で気持ちを確かめ合っている最中に、デュアロスは見てしまったのだ。

植木の陰から目を輝かせてこちらの様子を窺《うかが》っているダリの娘たちリーナとルミィの姿を。

唯一の救いは、二人が姿を現したのは深く口づけし合った後だったことだ。

しかし、これからまさにプロポーズをしようと思っていたデュアロスは、出端《でばな》をくじかれてしまった。

だからひとまず屋敷に戻ることにした。誰にも邪魔をされない環境で伝えきれていなかった監禁の件もきちんと説明して、その後正式にアカネにプロポーズをしようと思っていた。

なのに、仕切り直していざっという場面になって、今度は己《おのれ》の分身が邪魔をした。

たかだか背中を撫《な》でられたくらいで目を覚ますなど情けないったらありゃしない。……いや、嘘を言った。そりゃあ、反応する。だがしかし、なぜあと数分待てなかったのかと詰《なじ》りたい。

おかげでアカネに気づかれてしまい、とんでもない羞恥を覚える羽目になってしまった。

ただ背後から抱きついてきたアカネは、たまらなく可愛らしかった。己《おのれ》の分身まで喜び勇んでしまったが。

「――デュアロスさん、寝ないんですか？」

こてんと首を倒しながら無邪気に問うアカネに、デュアロスは口ごもる。大好きな彼女からの提案はとても嬉しい。断る理由など見つからない。

しかし、デュアロスにしてみれば、とても中途半端な状態なのだ。言っておくが、彼の息子の状態を指しているわけではない。気持ちのほうの問題で。

アカネがいた世界では、お付き合いを重ねた後に結婚を考えるのが主流らしい。

対して、フィルセンド国――特に貴族の間では、婚約と結婚はイコールであり、「まぁ、結婚はちょっと付き合ってみてから考える」的な発想はない。

その考えの違いは、どちらが正しいと言えるものではないし、共に歩もうと思っている相手に自分の考えを一方的に押し付けるべきではない。

……ないのだけれど、デュアロスは今回ばかりは、己《おのれ》の価値観を押し通すことが間違いではないと思った。

だから自分の腕を掴んでいるアカネの手を優しくほどくと、そのままそっと握る。それから愛《いと》しい手を離さずに床に跪《ひざまず》いた。

「デュアロスさん、どうしたんですか？」

突然床に膝《ひざ》をついたデュアロスに、アカネは心配そうに眉尻を下げる。

(ああ、そんな顔も可愛い)

笑った顔、困った顔、泣き顔に拗《す》ねた顔。これまでたくさんアカネの表情を見てきたデュアロスだけれど、己《おのれ》に向けてくれるそれらはどれも新鮮で、とても尊《とうと》いと思う。

(この尊《とうと》いものが曇らないよう、そして彼女を取り囲むものがいつも穏やかで優しいものであるよう——私が生涯かけて守ってみせる)

「アカネ、聞いてほしいことがある」

何かを宣言するようなデュアロスの口調に、アカネは彼のこの仕草が体調不良からくるものではないと気づく。

「な……なんでしょう？」

ごくりと唾を呑み込み続きを促《うなが》したアカネに、デュアロスはさらに真剣な表情になって口を開いた。

「私と、結婚してほしい」

「……っ⁉」

自分を見下ろす愛《いと》しい人の瞳が零《こぼ》れ落ちそうなほど、大きく開いた。

ずっと考えていたプロポーズの言葉は、結局シンプルなものになってしまった。けれど、それを悔《く》やむ必要はないと、デュアロスはアカネの表情を見て思った。

みるみるうちに熟したリンゴのような頬っぺたになった彼女は、これまで見てきた中で一番愛らしかった。

「……う、嬉しいです」

「そうか」

「……夢みたい」

「現実だ」

「……でも」

「でも？」

急に不安げな表情に変わったアカネに、デュアロスの心がざわめく。これまで生きてきた中でこれほど緊張したことも、怖いと思ったこともない。

今すぐ立ち上がって、結婚相手として何が不足しているのか聞き出したい。足りないものがあるなら、必ず補うつもりだ。

しかし、アカネが口にしたのは、どうすることもできないものだった。

「でも、急に言われて戸惑ってます。……私、デュアロスさんのことが好きです。大好きです。ただ……結婚なんて、まだ早いなって」

「私はあの日、君を生涯の伴侶にする覚悟があったから抱いたんだ」

アカネが元の世界での感覚で答えれば、デュアロスも己《おのれ》の価値観を口にする。

両者の主張は決して間違ったものではない。互いに恋慕の情がある発言だ。ただ生まれ育った環境が違いすぎるだけ。

だから、どちらも悪くない。……悪くないのだけれど、ここでデュアロスはアカネの気持ちに寄り添うことを選んだ。

「——わかった。なら今は答えを求めない。でも、知っていてほしい。私はアカネを抱く前から好きだったことを。そして君に、生涯ただ一人の妻になってほしいと思っていることを」

「は、はい」

ぴゃんっと背筋を伸ばして返事をするアカネ。デュアロスはふっと肩の力を抜いて微笑み、もう一つだけ自分の気持ちを付け加える。

「それと、これから君に触れるときは、私はそういう気持ちで触れることにする。それがもし嫌だったり重荷に感じたりするなら——」

「なりませんよっ」

急に大声を出されてデュアロスはびっくりした。

見上げると、アカネが震えている。それは薄い寝間着《ねまき》で寒いからではなく、激しい感情からくるもの。

「私、デュアロスさんに触れられて嫌だなんて絶対に思わないっ。ただ今はちょっとビックリして、驚いているだけなんですっ。結婚って大事なことだから、ちゃんと考えたいだけなんですっ」

アカネの声はどんどん激しさを増していき、最後は伝えきれない感情をぶつけるようにダンッと地団太《じだんだ》を踏んで締めくくった。

「……そんな」

（そんな、考え方があるのか）

アカネは大事なことだからこそ、即答できないと言った。言い換えるなら、それだけ真剣に自分との未来を考えてくれているのだ。

デュアロスはつい今しがた絶望の淵《ふち》にいたくせに、そんなことなどすっかりと忘れ、眩《まぶ》しそうに眼を細めた。

「そうか」

デュアロスは噛《か》み締めるように言った。それから、すぐにアカネを見上げて口を開く。

「そうか、わかった。……なら、今しがたの私の発言は失言だった。訂正させてくれ」

「はい」

アカネが頷くのを確認してから、デュアロスは二人の気持ちを重ね合わせた提案をする。

「結婚については急《せ》くことはしない。アカネはゆっくりこれからのことを考えてくれ。無論、何か聞きたいことがあれば何でも聞いてくれ。それから」

「それから？」

「アカネに選んでもらえるよう、私はもっと精進しよう」

そう言ってデュアロスはアカネの手の甲に口づけを落とす。

でもすぐには離さない。アカネの寝間着《ねまき》の袖をめくると、そのまま唇を肘の方に這《は》わせた。空いているほうの手も触れるか触れないかという力加減で、華奢《きゃしゃ》な肘をそっと撫《な》でる。

その無言の仕草は、どう精進するのか雄弁に語っていた。

「……は、はい」

たったこれだけで真っ赤になってしまったアカネであるが、それでもしっかり頷いてくれた。さらに愛しさが募り、デュアロスは気づけば立ち上がり彼女を抱きしめていた。

「――ねえデュアロスさん、この世界の男女交際は、お手紙のやり取りをしたりするんですよね？」

柔らかい黒髪に顔をうずめていたら、腕の中からくぐもった声で問いかけられ、デュアロスは「そういう例もある」と生真面目に答える。もちろん、自分には縁のないことだったと伝えることも忘れない。

するとアカネはもぞっと顔を上げて、こんな提案を口にする。

「じゃあデュアロスさん、これから私とお手紙のやり取りをしてください。だって私、異世界初心者だから、色々この世界のことをやってみたいんです。あ……もちろんデュアロスさんと、こうしてお喋《しゃべ》りをするのも今みたいに触ってくれるのも……その……大好きです」

こんな可愛らしいおねだりをどうして嫌と言えようか。そんなものいくらでも叶える。そう言いたいところだけれど――

「もちろん喜んでと言いたいところだが……私は君を楽しませる手紙を書ける自信がない。話術だって長《た》けているわけじゃない。だからそんな私なんかと文《ふみ》のやり取りをしても退屈だろうし、話をしてても、気分を害してしまうだろう」

「あはっ、ははっ」

渋面《じゅうめん》を作る自分に反して、アカネは豪快に笑う。

「ふふっ、あはっ……あ、ご、ごめんなさい。あのですね、好きな人が自分のことを想って書いてくれる手紙はそれだけで嬉しいんです。それにお喋《しゃべ》りするのに話術なんていりませんよ。私、デュアロスさんと一緒にいて退屈したことも嫌だと思ったことも一度だってないですよ」

無邪気に語るアカネに、デュアロスは一瞬だけ驚いた顔をした。しかしすぐに噛《か》み締めるように「そうか」と呟く。

「ではこれから毎日君に手紙を書こう」

「やった！　私も書きますから読んでくださいね。あとデートもしましょう」

「ああ、君が喜びそうなところを考えておこう。さて——今日のところはこの辺で終わりにして、寝ようか」

アカネの額に口づけを落としてデュアロスが腕を解けば、アカネはこくりと頷いた。

もう言わなくてもいいかもしれないが、こんな仕草すらデュアロスにとっては堪らない。ついつい口元が綻《ほころ》んでしまう。

でもそれを隠すことはせず、そのままアカネの肩を抱きベッドへと導いた。

「――じゃ、じゃあ、デュアロスさんはどっち側で寝たいですか？　私は、どちらでも」

「なら、私はこちらで」

「そうですか。じゃあ、私はこっちで。あ、灯りはどうします？　真っ暗派ですか？　それとも、ちょっと明るくしたい派ですか？」

「今日はこのままで」

「……はい。今日は、このままで」

もそもそとベッドに潜《もぐ》り込んだデュアロスとアカネは、寝やすいように枕の位置などを整えながら、とりとめのない会話をする。だがデュアロスの頭の大部分は、まったく違うことで埋め尽くされていた。

（……今日は多分、寝ることはできないな）

アカネは一緒に寝ようと言った。言い換えるなら、共に睡眠を取ろうと言った。

しかしながら、想い合っている健康な男女が同じベッドに入って、即座に寝れるのかと言われると、それはかなり難しい。男側からすれば、拷問《ごうもん》に近い状況だ。

デュアロスとて、ベッドに入ってものの数秒でかなりの苦痛を覚えている。

（だからといって、プロポーズの返事をもらえていないのに手を出すなんて言語道断《ごんごどうだん》だ！　堪《こら》えろっ、静まれ!!　今日は……今日だけはダメなんだ。我慢しろ!!）

もう一人の自分は「夜更かし上等！」といった状態であるが、未だ堂々と婚約者と名乗れない以上、ケダモノではなく紳士として休むべきだ。

だって、待つと言ったのだ。

だから今晩だけは、がっつくような真似をしたくない。そりゃあ、いつか「どうぞ」と言ってもらえるタイミングがあれば、遠慮なくいただく所存ではあるけれど。

そんなことを悶々と考えるデュアロスのすぐ隣には、アカネがいる。しかも彼女の肘と片足がぴったりとくっついている。その華奢《きゃしゃ》な足がどんな動きをするか予測不可能だ。

先ほどのソファでの失敗を繰り返すことだけはごめんだという思いから、デュアロスはそっと己《おのれ》の腰を引いてアカネと距離を取る。

しかしその途端、アカネが隙間《すきま》を埋めるようにもぞっと身体を寄せた。

（……っ⁉）

下心しか持っていない男だと思われないために、理性を総動員したデュアロスにとって、これは拷問《ごうもん》だった。

そして愚息《ぐそく》（〝愚行を現在進行形でしている息子〟の略）は、己《おのれ》の主張が正しかったと言わんばかりに元気になっていく。

しかもそれだけではない。何を思ったのか、アカネはデュアロスの肩口に鼻先を寄せると、甘える子犬のようにすりすりし始めた。

「……アカネ、質問をしても？」

「んー？　いいですよー」

アカネの呑気な口調には、自分が持っているような下心は見当たらない。だからデュアロスは、努めて冷静にと自分に言い聞かせながら尋ねることにする。

「ね、寝ないのか？」

「あ、私のことは気にしないで、デュアロスさんは寝てくださいね。お疲れでしょ？」

（この状態で寝れるわけがないだろうっ）

あっけらかんと答えたアカネに、デュアロスは心の中で叫んだ。声に出さなかったことを誉《ほ》めてほしい。

突然だが、男は追い詰められた際に「下半身は別の生き物だ」と口にする。

本来それは、浮気をしたときの言い訳に使う言葉である。ちなみに、そんなことを言えば逆効果であり、良くてビンタ、最悪の場合、最愛の人を失う。

そもそも浮気なんてするものではないし、したいという思いを持った時点でもうそれは心の浮気であり、既成事実があろうがなかろうが万死《ばんし》に値する行《おこな》いである。

――などという浮気にまつわるアレコレは置いておいて。

とにかくデュアロスは、自分に言い聞かせた。下半身は別の生き物なのだ、と。

だから、頭のほうが寝る、絶対に寝ると思っているなら、自分は寝れるのだ。腰から下の誰かがどれだけ何かを訴えようが、それは無視できる。いや、するべきだと。

今のデュアロスは、東の国の修行僧より厳しく己《おのれ》を律している。しかし、互いが想い合っていることを知っているから、ある意味、媚薬《びやく》を飲んだときより苦しい。

（くそっ、どうにかなりそうだ）

デュアロスは手の甲を目に当てつつ、消えてしまいそうな理性を必死に繋ぎ止める。なのに……

なのに、ここでアカネがさらにデュアロスを困らせることを口にする。

「デュアロスさぁーん」

「な、なんだい」

「おやすみのキスをしてください」

「……っ⁉」

鼻にかかった甘い声がデュアロスの耳をくすぐる。

アカネがデュアロスの肩口に頬を寄せているから、吐く息が首筋や耳をくすぐる。

愛する人からキスをねだられて、嫌がる男はこの世に存在しない。もし仮にそんな奴がいたなら、それはしこたまニンニク料理を食べた後なのだろう。

もちろんデュアロスとて、アカネからそんな愛らしいおねだりをされ嬉しくて堪らない。ただ、キスだけで終われる自信はなく、デュアロスは……結局、白旗をあげることにした。

「……アカネ、私は君とキスがしたい」

「はい！　嬉しいです。私もしてほしいです」

「……だが」

「だが？」

無邪気に続きを促《うなが》すアカネに、デュアロスはなかなか本題に入ることができない。

「……軽蔑《けいべつ》しないで聞いてくれるか？」

「はい？　……あ、いえ。多分……大丈夫です」

「多分では困る」

「……じゃあ、多分は抜きで大丈夫です」

「よし、言質《げんち》はもらった」

「……なんか、物騒な話になってきましたね」

唸るように言ったデュアロスに、アカネはオドオドとする。

そんなアカネを宥めるように頬を撫《な》でながら、デュアロスは自分の現状を伝えることにした。

「今、君に口づけをしたら、私はそれで終われる自信がない」

性欲満載《まんさい》の発言なのに、きっぱりと言い切ったデュアロスは無駄にカッコよかった。

そしてその表情のまま、さらに熱い眼差しをアカネに向け、言葉を続ける。

「私は今、プロポーズの返事を待っている身だ。だからこそアカネに対して誠実な態度を取らなければならないと思っている。だが、私も男だ。惚れた女性と並んでベッドに入れば、どうしたってそういう気持ちになってしまう」

一旦言葉を止めたデュアロスは、アカネの頬を手の甲で撫《な》でた。

「私は他の人間にはどんなふうに思われても構わない。でも、アカネにだけは性欲だけしか持たない不誠実な男だと思われたくないんだ」

大人しく聞き役に徹するアカネの目は潤《うる》んでいた。そして、むぎゅっと唇を強く引き結んだかと思うと、今度は衣擦《きぬず》れの音より小さな声でこう言った。

「……私の元いた世界では、恋人同士が喧嘩《けんか》をして仲直りをした証拠にえっちしたりするんですよ。だから私……デュアロスさんとキスしたいなぁ」

ぽそっと呟いたアカネは、自分の発言がどんな意味を持っているかわかっているのだろう。言い終わった途端に、毛布を鼻まで引っ張り上げて足をバタバタさせる。

(……可愛い。可愛すぎる)

デュアロスはごくりと唾を呑んだ。我慢はもう限界を超えていた。そっと毛布をアカネから剥《は》ぎ取り、口づけをする。

「……言質《げんち》は、もらったからな」

ついばむような口づけを落としながらアカネに囁《ささや》いた。それからアカネの元の世界の伝統に倣《なら》い、仲直りをしようとしたのだが――

「あ、でも……ちょっと待ってください！」

なぜかここでアカネに待ったをかけられてしまった。容赦ない仕打ちに、息子が悲鳴を上げる。

(ちょっと待ってくれっ、ここまで来て、それはないだろう!?　それとも、これは私への試練なのか!?)

デュアロスは心の中で叫んだ。

声を出さなかったのは、アカネを慮《おもんぱか》ってのことではない。物理的に、口を塞《ふさ》がれているのだ。悲しいことにアカネの手のひらによって。

デュアロスは、アカネの手をそっと振りほどいて口を開いた。

「……私のどこが嫌だったか教えてくれるか？」

一度は誘ってくれたのに、拒むのだからそれ相応の理由があるのだろう。

そんな予測を立てたデュアロスは、努めて優しい口調で尋ねた。するとアカネはへにょりと眉尻を下げた。

「……デュアロスさんのことは大好き。嫌いなところなんてないです。……でも」

「でも？」

「……忘れていたんです。ごめんなさい」

「何を謝っているのか、何を忘れていたのか……良かったら教えてくれるか？」

アカネから大好きと言われてちょっとだけ浮上できたデュアロスは、無理をせずとも柔らかい表情になれた。

そんな彼に背中を押されたのだろうか。アカネはもじもじとしながら再び口を開く。

「さっきのデュアロスさんの言葉が嬉しくて、つい自分から誘っちゃったんですけど……私、デュアロスさんがお疲れだったのを忘れていたんです。ごめんなさい、今日はもう寝ま――」

「なんだ、そんなことか」

デュアロスはアカネの言葉を遮《さえぎ》って笑った。気が抜けたと言ったほうが正しい感じの、肩の力が抜けた笑い方だった。

「私は、全然疲れてなんかいない」

「嘘。だって目の下の隈《くま》が」

「気のせいだ」

「もー、そんなわけ」

「そんなわけが、ある。私は疲れてなんかいない。それより……ここで止められるほうが辛い。このままだと、朝には死んでいるかもしれない」

さすがに死ぬことはない。だが精神的に瀕死《ひんし》に近い状態になっているから、ちょっとだけ大袈裟《おおげさ》に伝えてみた。アカネの理由では、どうしたって欲望を止められそうにないから。

「……死んじゃうのは嫌です」

アカネが半泣きになってそう呟いてくれた。

「私も死ぬのはごめんだ。せっかくアカネに……こうして触れられるというのに」

感情が高ぶったデュアロスは、アカネに覆《おお》い被《かぶ》さったまま再びキスを落とす。額に、頬に、そして唇に。

何度も繰り返すそれに、アカネは何一つ抵抗しない。黒曜石のような瞳を潤《うる》ませて、すべてを受け入れてくれる。

けれども、また性懲《しょうこ》りもなく「やっぱり隈《くま》がある」と言いながら手を伸ばし、デュアロスの目の下をそっと指の腹で撫《な》でた。

たったそれだけの仕草ですら、デュアロスにとっては媚薬《びやく》より刺激が強い。

「なぁアカネ、愛する人が自分に触れてくれることがどれだけ喜ばしいことなのか……君は、わかっていないのか？」

デュアロスはじれったい想いを伝えるかのように、アカネの指に歯を当てながら尋ねた。

もちろん、デュアロスが歯を当てているのはアカネの小指である。

この世界の求愛方法などアカネは知らないはずだ。それでも構わなかった。口下手な自分では、こうすることでしか想いを伝えられないから。

するとアカネは痛がる素振りも、怖がることも、変態を見る目つきにもならず、綺麗に笑った。

そして空いているほうの手を伸ばし、デュアロスの背に回す。次いでちょっと上半身を起こして、額と額を合わせながら小さな声でこう言った。

「デュアロスさん、私、小指に歯を当てる意味、実は知っているんです」

「……そうか」

アカネがこの世界の――しかも初夜での知識を身に付けていたことに多少は驚いたが、それよりも知っている上で受け入れてくれている喜びのほうが大きかった。

「あの……デュアロスさん。さっきの言葉訂正してもいいですか？」

「ああ、是非そうしてくれ」

アカネの吐く息も熱を帯びている。デュアロスはきっと彼女は望む言葉を与えてくれると確信していた。だがしかし、現実はちょっとだけ違った。

「じゃあ、仲直りのえっちをしましょう」

「ああ」

「ただし」

「……ただし？」

嫌な予感がして、デュアロスは無意識に声が硬くなる。アカネは、にこっと笑って残酷な言葉を重ねた。

「ただし、今晩は一回だけですよ」

「……っ」

アカネにとってはデュアロスの体調を気遣った最高の折衷案《せっちゅうあん》であったが、提案された側にとっては、なかなかえげつないものだった。

ぶっちゃけ一回で終われる自信はない。今のデュアロスは以前媚薬《びやく》を飲んだときより、欲望が暴れている状態だ。

しかし、デュアロスは恋愛方面においては恐ろしいほどポンコツであるが、元来頭の出来は悪くない。だから瞬時に持ち前の頭脳を働かせた。

（……そうか。要は、一回という定義に当てはめればいいだけか）

通常、夜の営みのカウントは男性がフィニッシュを決めた数となる。

つまり、自分がフィニッシュを迎えなければ、いつまでもOKということになるのだ。

デュアロスは竜伯爵であり、騎士の称号を持つ男だ。そんじょそこらの男より遥かに強い鋼《はがね》の精神を持っている。

それに小休止をしてはいけないとは言われていない。ノンストップなら長時間持たせる自信はないが、チート《休憩》を使えば朝までいける。

息子にとっては苦行かもしれないが、大丈夫、我慢できるはずだ。だって、自分の分身なのだから。

「わかった、アカネ。君の要求を呑もう」

デュアロスは秒の時間で算段をつけると、薄く笑った。


その後、デュアロスはアカネの要求どおり一回だけ仲直りの営みをした。

ただし、その行為は明け方まで続いたけれど。

翌朝、デュアロスの目元に鎮座していた隈《くま》は綺麗に消えていた。

よほど良質な睡眠を短時間で取ったらしい。

閑話　修道院は、女の園でもあったりする

王都から少し離れた場所にあるサンロランド修道院。長い歴史を持つここは、下級貴族や裕福な労働者階級のお嬢様方の行儀見習いの場として重宝されていた。

つまりここは女の園。朝昼晩関係なくサンロランド修道院は、女性の声で姦《かしま》しかったりする。

「ねえねえ、先日教えてくれた異世界人の話って本当なのかしら？」

「ええ、間違いないわ。わたくし、目撃者からちゃんと聞きましたもの」

「目撃者って……最近こちらにいらしたミゼラットさんのことかしら？」

「そうよ。あのお方、異世界人のお世話係をされていたんですって」

「へぇー、でもミゼラットさん、どうしてお世話係を辞めてここに？」

「それなんですが、ミゼラットさん曰《いわ》く、異世界人に貶《おとし》められてクビにされちゃったそうですわ」

「まぁ、お気の毒に」

「ほんと、気の毒だわ」

ピッチピチチと小鳥の鳴く声ならいつまでも聞いていたいものだが、朝からこんな下世話な噂《うわさ》

話《ばなし》はげんなりしてしまうもの。

だがしかし、噂《うわさ》を聞いているほうも語っているほうも、皆、総じて目がランランと輝いている。

確かにここは長い歴史を持つ由緒ある修道院。

けれど未婚の女性が集まれば、神様に一番近い場所にいたって俗世の感情は捨てられない。いや、むしろ勢いを増している。五分前に朝の礼拝を終えたばっかりだけれど、んなもん関係ない。

そんなわけで、彼女たちは一仕事終えたようなさっぱりとした顔で、最近一番ホットな話題である『異世界人ネタ』について喋《しゃべ》りをしていた。

ただ一応行儀見習いのために、ここに世話になっている自覚はある。

修道院での行動はすべて親に筒抜け。なのでシスターの目を気にして、おおっぴらに語ることはせず、枯れた花壇を愛でるフリをしながらお喋《しゃべ》りに花を咲かせる。

「でもミゼラットさんのお話が本当でしたら、異世界人の女性って少々性格に問題がおありなのね。……竜伯爵様も苦労なさっておられるのかしら……お可哀そうに」

一人がため息と共に呟いた言葉に、他の女性も深く頷いた。

「そうね、元の世界の環境が悪いのかもしれませんが、せっかくお世話を買って出てくださったミゼラットさんに対して酷《ひど》すぎますわ。ああ、竜伯爵様……今頃、どれだけ苦労されているのかしら」

「……ミゼラットさん、異世界人に貶《おとし》められたときのこと、あまり語ってくださらないけれど、きっと話せないほど辛い内容だったのでしょうね。そんな極悪非道なことが平然とできる異世界人ってどんな醜《ひど》い方なのでしょう」

ご存知のとおり、これは事実無根の話なのである。だが、ここは修道院。閉鎖された空間。だから誰かが持ち込んだ噂《うわさ》は、真相を突き止めることなくこうして一人歩きしてしまうのが常であった。

さて、こんな根も葉もない噂《うわさ》を誰が持ち込んだかといえば——おわかりだと思うが、一ヶ月ほど前にデュアロスに媚薬《びやく》を飲ませた張本人のミゼラットだったりする。

ミゼラットは父親の上司であるデュアロスを謀《たばか》り、あろうことか彼に媚薬《びやく》を飲ませ既成事実を作ろうとした。

しかしそれは未遂に終わり、現在、ここサンロランド修道院で謹慎中の身だ。

そのことはミゼラット自身、ちゃんとわかっている。反省しているのか？　と聞かれたら膨《ふく》れっ面をするけれど、でも、放り込まれたのは自分の責だと理解はしている。

とはいえ、わかってはいても同じ年頃の女性に「どうしてここに？」と聞かれて、素直にその経緯を語るかといえば違う。

意中の彼に媚薬《びやく》を飲ませたけれど秒でフラれ、事実を知った父親が激怒してここに自分を放り込んだ、なんてプライドが邪魔して言えなかったのだ。

だからミゼラットは、つい見栄を張ってしまった。

『竜伯爵様から直々に異世界人の話し相手をするよう仰《おお》せつかったけれど、ちょっと色々あって辞めることにしたの。で、お父様からそろそろ嫁《とつ》ぐ年頃だから行儀見習いに行ってきなさいと言われて、ここに来たのよ』

こう言ったとき、ミゼラットはただ竜伯爵ことデュアロスからこっぴどくフラれたことを隠したかっただけだった。

アカネのことは恋敵として憎い気持ちは未だに持っているが、悪い噂《うわさ》を流してまで陥《おとしい》れようなど思ってもなかった。意外に彼女は、根はいい子なのである。

まあ、それだけではなくて、最たる理由はガチギレしたデュアロスが本当に怖かったから。あんなふうに冷ややかな目で見られるのは、二度とごめんだったからだ。

とはいえ、デュアロスにフラれたことを隠すだけなら、そもそも異世界人の話など出さなくてもよかった。

でもミゼラットは、女の園でのヒエラルキーにおいて上位にいたかった。

表面上は穏やかで平和そのものの修道院ではあるが、所詮は女の園。ふたを開ければ、見えないところでマウントの取り合いをしている。ちなみに、女の園において新参者の風当たりはとても強い。

ミゼラットはある意味、女性として一番エグいやり方でフラれてしまった。傷心の彼女は、もうこれ以上、心の傷を増やしたくなかった。

そんなわけで、ここ数年「結婚したい男ランキング」と「娘を嫁《とつ》がせたい相手ランキング」と「恋人にしたいランキング」と「どんな手段を使ってでもモノにしたい男ランキング」と「一回でいいから抱かれたい男ランキング」の一位を総なめにしているあのデュアロスに頼まれごとをされた、とさりげなく自慢したのだ。

効果は、てきめんだった。

修道院で行儀見習い中の女性たちは、竜伯爵と繋がりを持っているミゼラットに羨望の眼差しを向けた。結果としてミゼラットは、最下層民にならずにすんだ。

ただ、行儀見習い中の女性たちの目の奥に、嫉妬《しっと》と邪《よこしま》な感情が宿っていることをミゼラットはうっかり見逃してしまっていた。

それは些細《ささい》なことではあったが、後に大きな問題を引き起こした。なぜなら、ミゼラットの見栄っ張り発言を聞いた修道院のお嬢様方は、羨望の眼差しを向けながら内心こう思っていたからだ。

『〝氷の伯爵様《デュアロス》〟と一歩……いや、三歩は確実に距離を詰めているあの子《ミゼラット》が羨《うらや》ましい。でも、このネタ使えるかもっ』

実際にはミゼラットは、この世界で誰よりもデュアロスと距離がある。それはもう一生詰めることができないだろう。

でも、そうなった過程を口にする気はないから、ここにいるお嬢様方はわからない。

そしてミゼラットは、自分の発言がまかり通ったことにホッとして、これで終わりにした。……そう。これで、終わりにしてしまったのである。

だからお国レベルの機密情報をペロッてしまったことを口止めすることも、父親に「重ね重ね、ごめん！　またやらかしちゃったぁー」という謝罪の一報を入れることもしなかった。

ついでに言うと、デュアロスがアカネにぞっこんであることも、自分のプライドが邪魔して言えなかった。

その結果、あっという間に修道院全体に異世界人の噂《うわさ》が広まってしまった。

しかも、噂《うわさ》を口にするお嬢様方の勝手な妄想《もうそう》や見解まで付け足されるものだから、先ほどのような噂《うわさ》の独り歩きが始まってしまったのである。

これがこの世界でのスキャンダルなら、まだ良かった。

もともと誰それが婚約破棄しただの、どこぞの貴族が離縁しただの、されただのという程度の噂《うわさ》話《ばなし》は、連日この修道院内で飛び交っている。

しかし〝異世界人がこの国にやってきた〟という内容は、うっかりでは済まされない、超が付くほどの機密情報である。

六百年ぶりに現れた異世界人は、使い方次第では毒にも爆弾にもなる存在。

たとえバイトの面接場所にすら満足に辿《たど》り着くことができなかった十九歳の元短大生であっても、国王陛下にとってはアカネは特別で、取り扱い注意の存在なのだ。

けれども、ここにいる女性たちに「そこらへんは言わなくても察しろよ」と言っても無駄である。

修道院で楚々《そそ》とした振る舞いを身に付けようとも、頭の中はスウィーツと流行のファッションと下世話なネタでいっぱいだ。

雛鳥《ひなどり》よろしく絶えず口を動かし、あることないこと喋《しゃべ》り散らし、筆マメで――親兄弟に始まり、友人知人にと異世界人ネタを手紙に書いてばら撒《ま》いてしまった。しかも、その内容はミゼラットが語った内容に尾ひれが付いた事実無根のもの。

ただお嬢様方も、悪意は持っていなかった。

ホットなニュースを家族に伝えたい。あと、もしかして親族の誰かが異世界人とわずかでも繋がりを持っているなら、ご相伴《しょうばん》にあずかりたい。ざっくばらんに言ってしまえば、嘘でもいいから異世界人ネタでなんとかして氷の伯爵様とお近づきになりたい。

そんな思いから綴《つづ》られた手紙により、結果として、自分も異世界人になっちゃえば竜伯爵様のお屋敷で保護してもらえるかもと心をときめかす女性が増え、それに付け込んだ詐欺《さぎ》が流行《はや》り、そんでもって連日ありとあらゆる場所でエセ異世界人が発生し、詐欺《さぎ》事件の被害が増えてしまったのだった。

余談ではあるが、噂《うわさ》の発端であるミゼラットは、こんな大事《おおごと》になってしまったことに気づいていない。

傷ついた心を抱えながら、失恋した自分に酔っている。彼女はきっと世界が滅亡しても生き残れるタイプであろう。

とはいえ両片想いを卒業して両想いになったデュアロスとアカネにとっては、大迷惑な話だ。

なぜなら、この事態を国王陛下が重く受け止めてしまったから。

ちなみに、国王陛下のサインが入った婚約証明書のアカネのサイン欄は未だに空白である。

デュアロスがアカネの心情を慮《おもんぱか》って取った行動ではあるが、このことを後に大きく悔やむのであった。

第五章　幸せは歩いてこない　～三歩進んで、四歩下がったアカネの現状～

「……嘘つき」

アカネは鈍色《にびいろ》の空を見上げて呟いた。

気づけば秋は終わって、すでに初冬の季節である。アカネにとって、この世界で初めて過ごす季節でもある。

どこの世界でも、冬は寒くて吐く息は白くなる。そんな当たり前のことを再確認しながら、アカネはもう一度「嘘つき」と呟き、むぎゅっと渋面《じゅうめん》を作る。

（なぁーにが、一回なのよっ）

思い出すのはあの日の晩——仲直りしてプロポーズされて、一緒にベッドに入った後の出来事。

あのときアカネは、確かに一回と言った。さくっと終わらせて、がっつりデュアロスに睡眠を取ってほしかった。

なのに彼は、ちっとも終わらなかった。自分は一回では終わらなかったというのに。

残念ながら正確な数字は覚えていない。三回目まではなんとかカウントできていたけれど、途中でそれどころじゃなくなったから。

でも行為そのものは良かった。媚薬《びやく》を飲んだ彼とイタしたときより、情熱的で、激しくて、でも優しくて、巧みで、最高に良かった。

強《し》いて言うならば、主導権を終始デュアロスが握っていたのが悔しかった。

アカネだって元の世界で〇・八回済ませた身だ。それなりに知識はある。

それにスマートフォンという万能アイテムのおかげで、この世界より遥かに夜の営みに関する情報を得ていた。

だから、オール受け身で終わらせるつもりはなかった。ちょっとくらい元の世界の知識を披露《ひろう》する気でいた。単独プレイじゃなくて、チームプレイをしたかった。

でも残念ながら、そのチャンスに恵まれることはなかった。さすが騎士様！　と拍手を送りたくなるほど、一寸の隙《すき》すら見せることなく、デュアロスはずっとずっとずっーと主導権を握ったまま営みをリードし続けた。

「……あんなに飢えた顔をしてたくせに。……嘘つき」

アカネはまた空を見上げて呟いた。

(今回こそはガブッといかれると思っていたのに。なのに、さんざん焦《じ》らしてくれて、途中休憩まで挟みやがって。しかも、文句の一つでも言おうとすれば、キスで誤魔化《ごまか》されるしさぁー)

そんなふうに心の中でぼやくアカネの吐く息は、相変わらず白い。でも、心なしかさっきより白さが濃くなっているのは、吐く息が熱を帯びているから。

アカネはあれやこれやと愚痴《ぐち》りつつも、デュアロスとイタしたことを思い出して一人、だだっ広い庭で赤面していたりする。

ちなみにここは、ラーグ邸の庭ではない。執事の別邸の庭でもない。フィルセンド国を象徴する白亜のお城の奥の奥にある、とある離宮の庭。

ま、つまりアカネは――またもや監禁されていたりする。


アカネは現在、お城の離宮で監禁生活を強いられている。

しかしながら、ここに来たのはアカネ自身の意思である。といっても、またデュアロスとしょーもないことですれ違って家出した挙句に、お城に滞在しているわけではない。

簡潔に言うなら、アカネは脅迫されたのだ。デュアロスの留守中に突然屋敷に乱入してきたお城の衛兵たちに、お城に来なければラーグ邸の使用人を殺すぞ、と。

無論、当初アカネは頑として要求を呑まなかった。

まず突然城に来いなんて言われて意味がわからなかったし、そもそもこっちが行きたいと頼んだわけでもないのに、横柄に命令する礼儀知らずの輩《やから》を相手にする必要なんてないと判断した。

アカネは礼節を重んじる国で生まれ育ってきた。だから、自分の取った行動は間違っていないと信じていた。

こっちに非なんて一つもないし、責められることも、咎《とが》められる理由もない。だからこんな無礼な相手の意味不明な主張なんて鼻で笑って聞き流せばいいと思っていた。

……しかし、ここは異世界。アカネが持っている常識は通用しなかった。

お城から派遣されてきた衛兵たちは、アカネが要求に応じないと判断するや否や、なんの躊躇《ためら》いもなく剣を抜いた。

刃を向けられるなど、人生で初めての経験だった。

平和ボケしているアカネは、思わず向けられた剣が本物かどうか確かめたくて、切っ先を指で突《つつ》こうとしてしまった。すぐにダリに止められたけれど。

おかげでざっくり指を切って痛い思いをしなくて済んだ。でも、衛兵たちの「なんだコイツ」という視線が胸に刺さって痛かった。

その後、衛兵たちは残念な子供を見る目つきのまま、間に入ってくれたダリにまで剣を向けた。

もちろんダリは、アカネと同様に毅然とした態度で追い返そうとしてくれた。

でも、衛兵の手にした剣によってダリの前髪が一房床に落ちたとき、アカネは彼らが本気であることを知った。

正直、アカネはとても怖かった。縁起でもないが、血まみれになる玄関ホールを想像してしまった。

すぐに首を振って打ち消したけれど、考えすぎだと楽観視するには少々危機感がありすぎた。そんなわけで、まっこと遺憾《いかん》ではあるけれど、アカネは自分の意思でお城に行くことを決めたのだ。

「——でもさぁ、ちょっとゴネたからって、剣を抜くほうが〝なんだコイツ〟って感じなのにさぁー」

赤くなった頬を冷やすために、アカネはわざと声に出して呟いてみる。

頬の熱はすぐに消えたけれど、今度はお腹のあたりが沸々と熱くなる。理不尽さから来る怒りで。お城での監禁生活三日目を過ぎても、アカネはこの現状を受け入れるどころか、未だに憤慨《ふんがい》していた。いや、日に日に怒りは増してくる。なぜなら——

「もうっ、せっかくデュアロスさんとお付き合いできたのに、全然イチャイチャできないじゃん！今度の休みにデートするはずだったのに!!」

と、いうわけでダンッダンッと地団太《じだんだ》を踏みながら、アカネは膨《ふく》れっ面《つら》を作る。

そして、冬だというのに青々としている芝生を蹴《け》って歩く。ここだけ常春《とこはる》感があるのが、妙に腹が立つのだ。八つ当たりだと承知の上で、ムニュッと踏んでやる。

もちろんそんなことをする自分が大人げないのはわかっている。でも、他に八つ当たりできるモノがない。

ちなみに、アカネはデュアロスと朝まで仲直りのアレをして、翌日にお城に監禁されたわけじゃない。十日ほど、デュアロスと恋人時間を堪能できた。

毎日、一緒に朝食を食べて、お仕事に向かうデュアロスに行ってらっしゃいのチューをして、それからお帰りのチューをして、夕食を一緒に食べてから、寝るまでイチャイチャしていた。

その間、アレはしなかった。デュアロスから「こういうことはきちんとケジメをつけてからしたほうがいい」と言われたからだ。

アカネとしては、お付き合いを始めたのだからいつでも、どこでも……はさすがにマズいけれど、密室ならば遠慮なくできるものだと思っていた。

でも、違った。この世界では夫婦になってから初めてイタすらしい。

それを知ったアカネは、大変おったまげた。自分の行動が一足飛びどころか四足飛びだったことに。

もちろんデュアロスは、アカネが異世界人であることを知っている。そして、アカネの持っている常識も元の世界での倫理観も否定しないし、この世界での当たり前を押し付けることもしなかった。

ただただ、とても静かな口調で「でも、知っていてほしい」と言っただけ。

そのときのデュアロスの表情はとても真摯《しんし》で、彼が媚薬《びやく》を飲んだとき、どんな気持ちで自分を抱いてくれたのか改めて実感したアカネは、馬鹿みたいにキュンとした。

そんなわけで、アカネはなし崩し的にベッドにインするのは諦《あきら》めた。そして真剣に、かつ一刻も早くプロポーズの返事をしようと決めた。

ただデートの一つもしないで、返事をするのはちょっと……と思ったのも事実。

だってデュアロスと結婚してしまえば、もう彼とは恋人じゃなくなってしまう。お付き合いをしている間だからこその楽しい時間があることをアカネは知っている。

だからこそ、デュアロスとのデートを楽しみにしていた。彼と手を繋いで街を歩いて、他愛ないお喋《しゃべ》りをして、買い食いをして、一緒に笑い合いたかった。その最中にこの世界で夫婦になる心構えや手順なんかも聞きたかった。

なのに……なのに、この現状。当然ながらデュアロスの休日は過ぎてしまった。これは神様の嫌がらせとしか思えない。アカネは再び芝生をムニュニュッと踏みつける。

次いで、ここに来てからずっと胸の内に抱えていた不安をつい口にしてしまった。

「……もしかして、私……デュアロスさんとえっちをしたら、監禁される呪いでもかけられちゃってるのかなぁ」

馬鹿馬鹿しいったらありゃしない発言であるが、アカネの表情は真剣だった。

なにせ、前回同様にアレをしてからきっちり十日目で監禁されたのだ。笑い飛ばすには、ちょいとばかし信憑性《しんぴょうせい》がありすぎた。

これは死ぬはずだった自分が運よく異世界転移して、そんでもってイケメンの彼氏ができてしまったハッピーライフを見た神様が「あ、ちょっとこの子、いい思いしすぎ。バランスを取ったほうがいいねー」てな感じで、好きな男に抱かれると監禁されるシステムを構築してしまったのではないのかと本気で疑っている。つまり、呪いをかけられた、と。

当然ながらアカネは解呪《かいじゅ》なんてできない。単なる短大生だった自分にそんなことを期待するほうが間違いだ。

とどのつまり、万事休すである。一発ヤルごとに監禁されたら、デュアロスと心置きなくイチャイチャする日なんて永遠に来ない。

「あー……この世界に陰陽師《おんみょうじ》的な人っていないかなぁ……」

頭を抱えてしまったアカネの背後に、いつの間にか一人の赤毛の男性がいた。口元には苦笑を浮かべている。

「ねえ、アカネちゃん。オン・ミョージって誰？　男だったら、俺、ちょっと妬《や》けるなぁー」

嫉妬《しっと》にしては軽口で、赤の他人に向ける言葉にしては親しみがありすぎるそれに、アカネはしゃがんだまま声のするほうを振り返る。

「オン・ミョージじゃなくって、陰陽師《おんみょうじ》。人名じゃなく、元の世界の職業名です。あと私の世界では、愛する二人を引き離すと馬に蹴《け》られて殺される法律があるんですよ、ラガートさん」

「うわぁ、なんて物騒なんだ⁉」

ぎょっと仰《の》け反《ぞ》るラガート――もといフィルセンド国の王太子を、アカネは立ち上がってジロリと睨《にら》みつける。

ほんの一ヶ月前まで、彼をデュアロスの親友だと思い、にこやかに接していたことなど今や黒歴史でしかない。

対してラガートは、困ったように眉尻を下げる。どうやら睨《にら》まれるようなことをした自覚はあるようだ。

「……えっと……アカネちゃん、今日もいい感じに怒ってるね」

「明日はもっと怒っていると思います」

フグでもそんなに膨《ふく》らまないだろうと思わせるほど、アカネの頬はパンパンだった。そして怒りでお腹もパンパンで、煮えくり返っている。

とはいえ相手は、この国の次期国王陛下だ。そこまで不機嫌にならなくても……と、お思いになる方もいるかもしれない。

でもアカネは、ラガートに対して怒りをぶつける権利を持っている。なぜならアカネを監禁した張本人がラガートなのだから。

今を遡《さかのぼ》ること三日前。独身生活をエンジョイしてるように見えたこの赤髪王子、何を血迷ったのかわからないが、突然アカネを妻にすると国王陛下に宣言したのだ。

そして先ほど説明したとおり、ラーグ邸に衛兵を派遣してアカネを強引に城に呼び寄せると、問答無用で離宮に監禁した。とんだクズ王太子である。付け加えると親友の彼女を奪った、最低の下《げ》種野郎《すやろう》でもあった。

だがしかし、彼は絶大な権力を持っているし、それを自覚している。だからアカネがどんなに怒っても、口先だけの「ごめん」しか言わない。いやむしろ〝「ごめん」って言ってやってる〟という態度を貫いている。

今日もラガートは、アカネがこれだけ怒っているというのに、申し訳程度に眉尻を下げただけで飄々《ひょうひょう》としている。

「……で、何か用ですか？」

アカネは険《けん》を含ませて、ラガートに問いかけた。言外に用がないなら消えろと言っている。

「いやぁー……用っていうほどのことじゃないんだけどね」

「じゃあ、何ですか？」

「んー……ちょっとアカネちゃんとお喋《しゃべ》りをしたかっただけで」

「私はしたくないです」

スパッと刃物のように会話を切断したアカネは、ラガートに背を向けた。次いで、てくてくと歩き出す。なのに赤髪王子はなぜか後から付いてくる。

「……今日はいつにもましてしつこいですね」

「ははっ、アカネちゃん、本当に辛辣だね。ちょっと前は、俺と喜んで逢引《あいびき》してくれたのに」

「ご冗談を。あれは、単なる気晴らしです。……ラガートさんだって、知ってるくせに」

歩きながらギロッと睨《にら》みつければ、ラガートはカラカラと笑う。しかしすぐにアカネの腕を掴み、表情を一変させ、こう言った。

「うん、俺は知ってる。でもね、周りはそうは見ていないよ」

「……」

(急に腕を掴んで何を言い出すかと思えば、そんなこと?)

アカネはポカンとした。そして、たった一言紡《つむ》いだ。

「で?」

誰がどう見ようが、関係ない。そもそも自分は、深くこの世界に関わっていない。

だから真実を知ってほしい人にちゃんと伝わっている今、他人がどんな目で自分を見ようとも、知ったこっちゃない。

そんな気持ちで、アカネは好戦的な視線をラガートに向けた。しかし彼は、怯《ひる》むどころかさらに厳しい表情になる。

「アカネちゃんは、自分が何をしてここにいるのか……その自覚がまったくないようだね」

「あなたの狂言のせいで、多大な迷惑を被《こうむ》っているってことがわかれば、それで十分じゃないんですか？」

ラガートの問いに、アカネは間髪容《かんはつい》れずに答えた。

好きな人の前で自分の気持ちをさらけ出すときは、まごついたり言葉が見つからなかったりするのに、どうでもいい人が相手になると、こうも流暢《りゅうちょう》に喋《しゃべ》れる自分に内心ちょっと驚く。

ただラガートは、アカネの喋《しゃべ》りに感心するどころか、呆《あき》れたように肩をすくめる。

「あのさぁ、まるで俺が全面的に悪いように言うけど、アカネちゃんは何も責められることはしてないの？」

「はぁ？　してたら、私、もうちょっとしおらしい態度を取りますよ？」

「……ふぅーん。本気で言ってるんだ」

「本気です。ガチです。私、今回は何も悪いことしてません……多分」

人とは不思議なもので、相手があまりに高飛車《たかびしゃ》な態度だと、つい自分が悪いのかな？　と思ってしまうもの。

ご多分に洩《も》れず、アカネも食い気味に頷いてみたものの、ラガートに気圧《けお》されてタジタジになってしまう。

念のため、自分に非がなかったか確認してみる。数秒後、ちょっとだけ心当たりが見つかってしまった。

「……もしかして、未婚の女性が異性と歩くと、もう付き合っている認定されちゃったりします？」

デュアロスは、ラガートと出かけたことは気にしないと言ってくれた。だから、それでいいと思って終わりにした。

せっかくお互いが好きだとわかり合えたのだから、黒歴史は蒸し返すべきじゃないと思ったし、そんなこと二度としなければいいだけだと思っていた。

でも、それはアカネの常識なだけであり、この世界では違ったようだ。

「認定されちゃったりするんだよねー、実は。それに俺って王太子だから、どこに行くにも護衛がいっぱい付いてるんだよね。当然、そいつらが陛下にチクっちゃったし。だからアカネちゃんと俺は、国王陛下公認でお付き合いをしてる最中なんだよね」

「はぁ!? なにそれっ。だって、あのとき、ラガートさん、王子様だって教えてくれなかったじゃんっ」

「まあね」

「まあね、じゃないっ。私、嵌《は》められた!! 知ってたら絶対に、ラガートさんと出かけなかったもん！」

滅茶苦茶《めちゃくちゃ》な理論を押し付けられて、アカネは顔を真っ赤にして彼に詰め寄った。それこそ胸倉を掴む勢いで。

しかしラガートは真顔で的外れな返答をした。

「いや、俺、アカネちゃんにまだハメてないよ」

人をコケにした発言に、アカネはプツンと何かが豪快に切れた。

「当たり前じゃないですか!!　私がハメてほしいのはデュアロスさんだけです!!」

「……え、そっちでキレる？」

てっきり卑猥《ひわい》なことを言うなと激怒するかと思いきや、直球の下ネタで返されラガートは引いた。

多分、彼が人生で一番びっくらこいた瞬間でもあった。

しかしアカネは、彼が引こうが動揺しようがどうでもいい。堰《せき》を切ったように叫び続ける。これまでの鬱憤《うっぷん》をぶちまけるかのように。

「大体、ラガートさんあのとき、私がデュアロスさんのこと好きだったの知ってましたよね!?　で、それがわかってて、気晴らしに誘ってくれましたよね!?　なのに、後からずっるいカードを出して、はい監禁。はぁ？　そんなのズルい！　ズルすぎますよ!!　それに――――」

一気にまくし立てていたアカネであるが、ここで不意に言葉を止めた。

叫び疲れたわけではない。スッキリしたから止めたわけでもない。次の言葉に備えて、大きく息継ぎをするためだった。

「それにラガートさん、私のことなんて全然好きじゃないでしょ!!」

もし仮にラガートが本気で自分に惚れてくれていて、持てるすべてを使って自分を手に入れようとした結果の監禁なら、アカネはもっと真摯《しんし》に彼と向き合っていた。

しかしどれだけ探しても、ラガートが自分を好きだと思っている要素が見当たらない。

言葉としてももらっていないし、態度からも微塵《みじん》も感じない。ラブもなければ、下手をしたらライクという感情すら持っていない。それくらいラガートはアカネに対してドライだった。

アカネからしてみれば、権力のあるお坊ちゃまが面白がって、自分とデュアロスを引っ掻《か》き回しているようにしか思えない。

はっきり言っちゃえば、親友《デュアロス》を取られた腹いせに、ここに監禁しているのではとすら疑ってしまう。

「……ラガートさんは、将来王様になるんですから、もっと大人になったほうがいいですよ」

思いの丈をぶつけたアカネは、最終的にこんなアドバイスをして締めくくった。

（あーもー……結局、他人のことを心配してしまう自分はお人好《ひとよ》しなのかもしれないなあ）

アカネは自分自身に呆《あき》れつつも、ちょっとだけそんな自分を褒《ほ》めたりもした。

しかし、すぐに顔を強張《こわば》らせる。知らず知らずのうちに、足も後ろに下がってしまう。なぜなら目の前のラガートが半目になっていたから。

「言いたいことはそれだけ？」

ラガートはあいた距離を埋めるように、アカネに一歩近づき、そう言った。対してアカネは、一歩後退しながら口を開く。

「……多分」

「そう」

そっけない返事をしたラガートは、それ以上距離を詰めてこなかった。その代わり、眼光の鋭さが増している。

（え……私、そんなに怒らせるようなこと言ったっけ？）

異世界人が偉そうに苦言を呈したことが気に入らなかったのだろうか。それとも、ただ単純に図星を指されてムッとしているだけなのだろうか。

もし後者なら、やっぱりもうちょっとラガートは大人になるべきだとアカネは思う。でも、言葉として発する前に、ラガートが口を開いた。とても失礼千万なことを。

「アカネちゃんは、馬鹿だね。手がつけられない愚《おろ》か者《もの》だね。大人にならなきゃいけないのは、俺じゃなくて君のほうだ」

「なんですとっ!!」

随分《ずいぶん》なことを言ってくれたラガートに、アカネはつい今しがた彼に恐怖を覚えたことも忘れて叫ぶ。

かなりの声量だったので、ラガートはよほど耳障りだったのだろう。不快そうに眉をひそめながら、再び口を開いた。

「こんなところに監禁してと君は憤慨《ふんがい》しているけど……よく考えてみて、君は竜伯爵に保護されていたんだよ？　あの屋敷には、君を守れる部屋があるはずだ。そこに何で逃げ込まなかったんだい？」

「だって、あのときは――」

「どんな理由があったにせよ、君は己《おのれ》の身を守ることができたんだ。なのに、それを放棄してここにいる。しかも、毎日不機嫌そうに俺に八つ当たりをする。……実に愚《おろ》かだ」

出来の悪い子供を見る大人のような表情になったラガートは、憐《あわ》れみすら感じさせるため息をついた。無駄に長く、ゆっくりと。

それを間近で見たアカネは、その赤毛をむしってやろうかと思った。

「勝手なこと言わないでください！　あのとき、ダリさんは剣を向けられていたんですよ？　しかも前髪バッサリ切られたんですよ!?　他にも使用人の皆さんがいっぱいいて……そんな状況で、自分だけ安全な場所に逃げろって……そんなのできるわけないじゃないですか！」

しなかったわけじゃない。できなかったのだ。デュアロスから、何かあったらあの監禁部屋に逃げ込むようにと言われていたし、衛兵を前にして、何度もそこに逃げようかと思った。でも、やっぱりできなかった。全面降伏以外選べなかった。

そりゃあ今になって思えば、他に色々やりようはあったと思う。でも、人肉を切断できるであろう刃物をちらつかせられたのは人生で初めてだったし、無表情で剣を向ける人間を見たのも初めてだった。

パニックになって当然だと思う。泣かなかった自分を誉《ほ》めてあげたいくらいだ。

そんな自分をラガートは愚《おろ》かだと言う。こうなったのは全部、自業自得《じごうじとく》だと暗に伝えてくる。彼は、アカネが異世界人であることを知っている。知っていながら、価値観の違いに目を向けようとはしない。

この世界が絶対的に正しくて、他の世界のことなど下らないと切り捨てようとしているのだ。その結果――

（ラガートさんなんて、大っ嫌いだ!!）

アカネは大変幼稚な結論に落ち着いた。

「……つまりアカネちゃんは、使用人を守るためにここに来たってこと？」

今の今、嫌い判定を下した相手から質問を受けたアカネは、ギロっと睨《にら》みながら頷いた。

ラガートは「おっかねえ顔してるね」と苦笑する。そして、ガシガシと頭を掻《か》きながら、ため息を落とす。

ニュアンス的には、二秒ほどアカネの気持ちを理解しようとして放棄したといった感じだった。

そして侮蔑《ぶべつ》に近い笑みを浮かべて、また口を開く。

「あー、やっぱ俺、理解できないわ。だって使用人だよ？　アカネちゃんが守ろうとするなんておかしいわ。そんなの見捨てたって」

――パチン。

耳が腐るようなラガートの言葉を、アカネは張り手で遮《さえぎ》った。これ以上聞いていられなかったから。

ただ張り手の音は小さく、痛みだってないはずだ。季節外《はず》れの蚊が頬に止まっていたから叩いてあげたと言っても通るくらいの強さだった。

本当なら拳《こぶし》で顔の形が変わるくらい殴りたかった。でもアカネは、わざと手加減したのだ。

ラガートの言葉を借りるなら、愚《おろ》かな行為をみすみす自分からする気なんてなかったから。殴ったことを理由に、ラガートがこれ以上傍若無人《ぼうじゃくぶじん》な振る舞いを重ねないようにした。

とはいえ、言いたいことは言わせてもらう。

「おかしいのは、ラガートさんのほうです。誰かが危険な目にあっているのに、自分のことしか考えられないなんて最低です。私は馬鹿で愚《おろ》かなのかもしれないけれど、あなたのように誰かを踏み台にして――……っうっうう……ううっ」

冷静に伝えようと思っていたのに感情が高ぶったアカネは、変なタイミングで泣き出してしまった。

しかも一度決壊した涙は容易に止めることができない。

アカネは手の甲で頬に流れた涙をぬぐう。でも、後から後から溢《あふ》れてくる。

「……アカネちゃん、ごめん。言いすぎた。……いや、言い方が悪かった。謝るから泣きやんで、頼む」

「っううう、うっ……む、無理。ぐずっ……ってか、ラガートさんがあっち……行って。……み、見ないで。ううっ、うっ」

「いや……うん、そうしたいんだけど……っていうか、本当に泣きやんで。頼む、何でもするから」

泣き出した途端に態度を一変させたラガートに、アカネは女の涙が万能武器なのは世界共通なのだと頭の隅で思う。でもラガートは、オロオロするだけでアカネの願いを叶えてはくれない。

それが無性に腹が立って、そして泣き顔を見られたくなくて、アカネは両手で顔を覆《おお》ってその場にしゃがみ込んだ。

「ちょ、本当に頼む……泣きやんで」

「……うううう……無理」

「そんなぁ……お願い、さっきのこと全部謝るから……だから」

「ううっ……ぐすっ……うっううっ」

「ちょ、本当にお願い、アカネちゃん!! アカネちゃんが今すぐ泣きやんでくれないと、俺、俺!」

本格的に泣き出したアカネを持て余したのか、悲痛な声になったラガートは、とうとう悲鳴に近い声を上げた。

(なに？)

嫌いな相手がどんな声を出していたって気にする必要はないのだけれど、何かの予感を覚えてアカネは泣き濡れたまま顔を上げる。瞬間、別の種類の涙がポロリンと零《こぼ》れた。

(……嘘、来てくれた。どうしよう、めっちゃ嬉しい！)

ラガートの背後には、デュアロスがいた。剣をラガートに突きつけ、見たこともないほど怖い顔をして。

その光景は物騒極まりないものなのに、アカネの涙はピタッと止まり頬はバラ色に染まった。

「デュアロスさん！」

ウサギが跳ねるような勢いで、アカネは立ち上がると地面を蹴《け》ってデュアロスのもとへと駆け寄った。

すぐさまデュアロスは腕を広げてアカネを迎え入れる。

「……不安な思いをさせて悪かった」

「ううん、平気！　会えて嬉しいです!!」

「そうか、私もだ」

「本当？　もう、デュアロスさん大好き！」

「私も、愛してる」

「やだぁー、もうっ」

アカネは空いているほうのデュアロスの腕に巻き付きながら身をくねらせる。そしてデュアロスは、世界で一番尊《とうと》いものを見るような眼差しをアカネに送る。

現在二人は、ドラマチックな再会に浸っている。今、この二人に「馬鹿じゃね？」などと悪態をつこうものなら、天罰が下るだろう。いや、さすがにそんなことはないかもしれない。

だが、わざわざ二人の愛の世界をぶち壊すような真似をするのは、下種《げす》な行《おこな》いでしかない。勝手にやってろと言い捨てて、視界に入れないようにするのが大人のマナーだ。

……しかしここに、一人の猛者《もさ》、というか馬鹿がいた。

「お取り込み中悪いんだけど、そろそろ剣を下ろしてくれませんかねぇ？」

デュアロスの片手は未だに剣を握っている。そして切っ先はこの国の王太子の背中ギリギリにある。

つまりラガートは身動きが取れない状態で、二人のイチャイチャを聞かされていたりする。だがデュアロスは、眉間《みけん》に皺《しわ》を寄せるだけ。

「ほざけ、殿下。何日も逃げまくっていた陛下をようやく捕まえて事情を聞き出した。貴様がやった行《おこな》いは万死《ばんし》に値する。もう少しこのまま反省してろ」

「……えー、そりゃないよ」

「なら、地面に跪《ひざまず》いてアカネに謝罪をしろ」

「……へんっ、やなこった」

「おいっ」

ぞっとするほど低い声を出すデュアロスに対して、ラガートは子供のように不貞腐《ふてくさ》れている。

デュアロスの眉間《みけん》の皺《しわ》が深くなった。

「殿下、私が何も知らないとでもお思いか？　今回の件、国王陛下から既に私は聞き出している。そして、もう陛下と話はついている」

「……ちっ」

今度は不良少年のような舌打ちをしたラガートに対し、デュアロスは無言で剣を鞘《さや》に戻す。そしてアカネの手を引き、そのまま去ろうとした。しかし――

「待ってよ、デュア!!　なんだよもうっ、無視すんなよ!!」

ラガートは、悲痛な叫びを上げた。まるで恋人に見捨てられたかのような、涙声だった。でも、デュアロスの足は止まらない。いや、歩く速度が増した。一刻も早くここから去りたいようだ。

無論、アカネもここにいたいわけじゃない。即刻、ラーグ邸に戻りたい。そんなわけでデュアロスに歩調を合わせて、てってけ歩く。なのに、ラガートの声はどこまでも追ってくる。

「おい!!　聞いてんのか、デュア!!　いいのか、俺を一人にしてっ、泣くぞ!!」

（いや、泣くって……ないわ。マジでないわ）

ついさっき、ガチ泣きしたことなどすっかり忘れ、アカネは癇癪《かんしゃく》を起こす子供のようなラガートに完璧に引いている。ただドン引きしながらも、わかることはあった。

ラガートは、デュアロスのことが好きなのだ。そして、デュアロスに無視されるのが殊《こと》の外こたえるようだ。そんでもってデュアロスは、ラガートから好かれていることを自覚しているから、こういった行動を取ったのだ。

正直言って、ラガートがデュアロスに対して抱いている好きが、ラブなのかライクなのか気になるところ。あと、なんで自分が監禁されたのかも、かなり気になる。

でも、デュアロスは自分を選んでくれた。だから、ラブなのかライクなのか、それについて白黒つける必要はないだろうとアカネは判断した。監禁理由についてもラーグ邸に戻ってから聞けばいい。

ただ、つい思ったことを口にしてしまった。

「……デュアロスさんは人気者なんですね」

「……そんなふうに受け取るアカネのことが好きだ。だが、私は万人に好かれるより君だけに愛されたい」

さらりと胸キュンな台詞《せりふ》を吐いてくれたデュアロスに、アカネは足を止めることなく悶絶した。

デュアロスの腕に巻き付きながらクネクネするアカネだけれど、次第に表情が曇っていく。

なぜなら、未だにラガートが追ってくるからだ。

「……しつこいですね」

「ああ。もう少し速度を速めるか。アカネ、ちゃんと私に掴まっていてくれ」

そう言うが早いか、デュアロスはアカネを横抱きにした。

「はぁーい……って、うわっ」

てっきり腕に掴まっていればいいものだと思ったアカネは、突然浮いた身体にびっくりしてデュアロスの首に腕を回す。

「それでいい。では、行こう」

「はい！」

お姫様抱っこをしてもらえたアカネは元気よく返事をした。

なんといっても人生初めてのお姫様抱っこなのだ。高揚する気持ちは隠せない。

デュアロスが軽々抱いてくれているのもまた嬉しい。

ぶっちゃけ、これまでの理不尽な出来事の数々は、これをしてもらうための前置きだと思えば、まあまあ許せる。……いや、やっぱ無理。それはそれ。

あとスピードアップしたにもかかわらず、ぴったり張り付いてくるラガートが正直うざい。

「……このままお屋敷にまでついてきたら、どうしよう」

「大丈夫だ。そうさせないように、急いでいる」

すぐさま答えてくれたデュアロスは大変頼もしい。見上げる彼はとても凛々《りり》しく、アカネはうっとりしてしまう。

しかし、次のラガートの言葉で、デュアロスの表情が豹変した。

「デュア、俺を無視するな！　罵倒していいし、舌打ちも大歓迎だからこっちを向いてくれ!!　そうしなかったら……そうしなかったらミゼラットのように、お前に媚薬《びやく》を盛るぞ!!」

瞬間、デュアロスの足がピタリと止まった。きゃぴきゃぴはしゃいでいたアカネも、同様に表情が消える。

（ミゼラットのように……お前に媚薬《びやく》を……盛る……ですと？）

アカネは今しがたラガートが叫んだ言葉を、何度も頭の中で反芻《はんすう》する。何度も、何度も、何度も。

その間、デュアロスはアカネを抱いたまま、一歩も足を動かさない。ラガートだけは、バタバタと足音を響かせてこちらに駆けてくる。

「……デュアロスさん、あの日……どこで媚薬《びやく》を飲んだんですか？」

ラガートが嘘をこいている可能性もあるため、アカネは本人に確認をした。

「……」

デュアロスは青ざめた表情で黙秘した。だが追いついてきたラガートに向けて口を開く。

「殿下、ちょっと我が家までご同行願います――ただし、一言も喋《しゃべ》るなよ」

最後は、おおよそ王族に向けての言葉遣いでなくなっていたが、ラガートは子供のように「うん」と言って頷いた。デュアロスは再び歩き出す。

「……デュアロスさん、あの」

「ちゃんと話す。きちんと……君が納得するまで説明する。だが、少しだけ待ってほしい。頼む」

「はい」

切実な響きを帯びたデュアロスの言葉に、アカネは頷く以外できなかった。

†

馬車はカラカラと軽快に車輪を回してラーグ邸へと向かっている。しかし車内は、これ以上ないほど重い空気に満たされていた。

(……こんなことなら、先にアカネに伝えておけば良かった)

揺れる馬車の中、デュアロスは激しく悔《く》いていた。

先ほどのリアクションのとおり、アカネはデュアロスが媚薬《びやく》を飲んだ経緯を知らない。でもデュアロスは、隠ぺいするつもりなんてなかった。語るきっかけがなかっただけ。

それに自分から語るにしても、どのタイミングで伝えればいいかわからなかったし、何よりアカネがそれを聞きたいのかすらわからなかった。だからデュアロスは待つことにした。きっかけを、アカネから聞かれるのを。

その結果、他人の口から伝えられるという最悪な結末を迎えてしまった。

「……ねえ、デュアロスさん、ちょっといいですか」

「な、なんだ⁉」

すぐ隣に腰かけるアカネから声をかけられ、デュアロスはみっともないほど狼狽《うろた》えた。そんな無様な竜伯爵様にアカネは淡々と告げる。

「どうして、ラガートさんも一緒の馬車に？　……私、二人っきりになりたかったのに」

前半は不満げに、後半は寂しげに。

総括すればアカネはただ単に、デュアロスと馬車の中でイチャイチャしたかったのに、それができなくて拗《す》ねているだけ。

だが、デュアロスは別の意味で受け取ってしまう。

（ああっ、きっとアカネは今すぐにでも膝《ひざ》を突き合わせて事の真相を知りたい……いや、私を詰《なじ》りたいのだろう。なのにそれすらできず、苛立《いらだ》っているのだ。私は間違いなく軽蔑《けいべつ》されてしまった。……死にたい）

迂闊《うかつ》だった自分を責めても、あとの祭り。

死にたい。でも他人の口から聞かされたアカネの心情を思うと、死んでも死にきれない。いや、どうせ死ぬなら伝えるべきことを伝え、床に額を擦りつけて謝罪したうえでアカネに殺されたい。それなら本望だ。

……などと思ってしまうデュアロスの思考回路は、完璧にぶっ壊れている。

なのに、原因である馬鹿王太子は、自分が失言したことに気づいているにもかかわらず、向かいの席に座ってヘラヘラ笑っていやがる。

しかも目が合った途端、ぱぁああっと顔を輝かせる始末。

（くそっ、こんなことになるなら、もっと前にコイツと縁を切っておけば良かった）

デュアロスはラガートを渾身《こんしん》の力で睨《にら》み付けたが、ラガートはますます顔を輝かせた。

デュアロスにとって、ラガートは腐《くさ》れ縁《えん》であり、悪友というカテゴリにすら入れたくない存在である。

しかし、ラガートことラガート・ファル・フィルセルシアにとってデュアロスは親友であり、世界で唯一自分をさらけ出せる存在だった。

王太子にそこまで愛されるデュアロスは、大変幸せ者である。なにせ次期国王陛下の信頼を既に得ているのだから。ラーグ家は今まで以上に繁栄を約束されるであろう。

しかしながら、デュアロスにとってそれはありがた迷惑でしかない。

幼少の頃、身分的にふさわしいというだけの理由で、王太子の友達役を押し付けられ、一体何が理由なのかわからないが、今日《こんにち》まで付きまとわれてきたのだ。

正直言って、仕事の邪魔だし、現在は恋路の障害でしかない。

ちなみにラガートは、まだ幼い自分と目が合うだけで遜《へりくだ》った態度を取る王宮の人間たちにうんざりしていたのだ。そこにそっけない態度を取ってくれる年の近い存在が現れた。

その結果、ツンデレに萌え萌えする乙女のように、ラガートはデュアロスに懐いてしまった。いや、懐くなんて可愛いものじゃない。付きまとう姿はストーカーそのもの。

一応ラガートの名誉のために伝えておくが、彼はデュアロスに関すること以外は大変優秀だ。

王太子の自覚と責任をしっかり持ち、現国王陛下を支え、次期国王陛下として政務に励んでいる。

そんなわけで、現国王陛下はラガートがデュアロスに付きまとうことを容認している。優秀な王太子のたった一つの我がままくらい許してやろうと思っている。いわばラガートは、デュアロスの国公認ストーカーだ。

ただ現国王陛下は、これまで異性と浮いた話がなかったデュアロスを、実は男色家だと思い込んでおり、息子がなかなか身を固めないのは二人がそういう関係になってしまったからなのかと、一人不安を抱えていた。ま、それはアカネの存在によって打ち消すことができたけれど。

そう。打ち消すことができたのだが、ここでミゼラットの見栄のせいで四方八方に広がってしまった噂《うわさ》と、加えて婚約証明書が未だ未記入の状態であることが重なり、しょーもない事件が起きてしまった。それがアカネが監禁された理由でもあるのだが。

（くそっ、縁を切ることすら面倒だと思って放置した結果、アカネに見限られてしまうとは……最悪だ）

揺れる馬車の中、デュアロスは心の中で吐き捨て、アカネにこそっと目を向ける。

愛《いと》しい彼女はぶすっとした表情で、窓の外を見つめていた。その横顔は可愛い。どんな顔をしていても、新鮮なときめきを与えてくれる。

だが恋人同士になって日が浅く、己《おのれ》の失態を自覚している状態では、アカネが今何を考えているのかわからない。

「……アカネ、どうか私に挽回のチャンスを与えてくれ」

「え？」

なけなしの勇気を振り絞ってそう伝えたところ、聞き返されてしまった。デュアロスの心が悲鳴を上げる。

しかし折れかけた心を気合で修復し、デュアロスは自宅に戻ってからのことを考える。

もちろんアカネに包み隠さず媚薬《びやく》を飲んだ経緯を伝えるし、誠心誠意謝罪する。

そして、なし崩し的に馬車に同乗している馬鹿王太子に、この監禁事件を綺麗に終わらせるために一役買ってもらおうと決めた。

第六章　そうして始まる緊急会議

ラーグ邸に戻ったアカネたちは、現在、いつも食後のお茶の時間に使っているサロンにいる。

ソファの前にあるテーブルには、ほかほか湯気が立っているココア。つるりとした陶磁器《とうじき》のポットにはお茶が入っていて、いつでも飲めるようになっている。

加えて、ナッツがたっぷり入った焼き菓子と、ハムと野菜のサンドイッチ、それに果実までもがテーブルにところ狭しと並べられていた。

一見すれば、ここは昼食前のお茶会といった感じだ。

しかし、それにしては少々……いや、かなり空気が重い。重罪判決を言い渡す直前の法廷のようだ。

なぜそんな空気になっているかといえば、デュアロスが媚薬《びやく》事件の詳細を語ったからで。

「――本当にすまなかった。アカネ、どうか許してくれ」

長い話を締めくくるように深く頭を下げたデュアロスは、見ている者の胸が痛くなるほど悲痛な表情をしている。

そんな彼に対し、アカネはあっけらかんと笑った。

「ちゃんとお話ししてくれたから、もういいですよ。私、全然怒ってないです」

今にも死にそうなデュアロスの膝《ひざ》に手を置き、アカネはコツンと額を合わせる。

ぶっちゃけ媚薬《びやく》を飲んでしまった経緯を聞きながら、「ああ……」と残念な子供を見る目でデュアロスを見つめてしまったけれど、それは内緒ということで。

今は本当に怒っていない。だって自分をダシにして、ミゼラットはデュアロスに媚薬《びやく》を飲ませたのだ。言い換えるなら、イタす前からデュアロスが自分のことを好いていたという何よりの証拠でもある。

だから、デュアロスに対する怒りはない。それどころか、手も握っていない関係だったのに、そこまで好きでいてくれたんだと悶絶する始末。

ちょっとだけ胸にくすぶる怒りは、ミゼラットに向けてのもの。でもその気持ちを言葉で伝える代わりに、アカネはこの世の終わりのような顔をしているデュアロスの膝《ひざ》の上に乗った。「ぜーんぜん、怒ってないよ」と口で言うよりは、行動で示すほうが早いと思って。

アカネの行動は、正解だった。すぐさまデュアロスの顔に生気が蘇《よみがえ》った。しかしアカネはデュアロスが死の淵《ふち》から戻ってきても、そのままでいる。

「デュアロスさーん、私ホットショコラが飲みたいですぅー」

「わかった。では、アカネ。こっちに座って」

「嫌。私、デュアロスさんの膝《ひざ》の上で飲みたいです」

「……そ、そうか」

貴族として厳しい礼儀作法を学んできたデュアロスにしてみたら、己《おのれ》の膝《ひざ》に女性を乗せたまま飲み物を渡すなどありえない。

しかし、ねだった相手は他ならぬアカネ。ということで、デュアロスは言われたとおり、ホットショコラをアカネに手渡す。

「……いいなぁ、アカネちゃん」

心底羨《うらや》ましそうに呟いたラガートに、デュアロスは毛虫を見るような視線を向ける。ちなみにラガートはソファに着席していない。床に正座している。

なぜそんなけったいなことをしているのか、アカネは実のところよくわからない。

ただサロンに向かう途中でデュアロスから「アカネのいた世界では、どんな折檻《せっかん》が一般的か？」と聞かれたので、思いつくまま「正座」と答え、ついでに正座の説明をしたらこうなったのだ。

そうしてラガートが正座をすること早三十分。もう王太子の足は限界に近いというのに、デュアロスは顔色一つ変えずにこう言い放った。

「殿下、戯言《ざれごと》はそこまでにしてください。早速ですが、此度《こたび》の件を綺麗に収束させるために、あなたにも協力してもらいます」

ラガートが足の痛みで顔を歪《ゆが》めているのがとても気になるが、それよりもデュアロスが紡《つむ》いだ言葉にアカネは目を丸くした。

「綺麗に収束させる？」

「ああ。陛下と話し合いをして……ま、君の悪い噂《うわさ》を払拭《ふっしょく》するだけだ」

最後は歯切れの悪い口調になったデュアロスに、アカネはさらに首の角度を深くする。

「私の悪い噂《うわさ》って？」

「……それは……その」

言葉を濁《にご》すデュアロスは、己《おのれ》の失言に気づいたようで、聞かないでくれと無言で訴えてくる。でもアカネは知りたい。だって自分のことだから。

それを伝えると、デュアロスは「あまり聞かせたくはなかったが」と前置きして、修道院で絶賛謹慎中のミゼラットがばら撒《ま》いた見栄っ張りな嘘を教えてくれた。

「――意味がわかんない。ものすごく脚色されてる」

聞き終えたアカネは、人の噂《うわさ》とは恐ろしいとつくづく思った。思ったけれど、口に出す言葉はどこか他人事みたいだ。

「そうだな。それよりアカネ、根も葉もない噂《うわさ》なのだから、もっと怒っていいんだぞ？」

「うーん……怒るにしても私の要素が皆無のせいで、どう怒ればいいかわかりません」

「そうか。確かに一理ある。だが、ひとまずコレに対してはもっと怒りをぶつけるべきだ」

コレと言ってデュアロスが指差したのは、正座中のラガートだった。

「なんでですか？」

媚薬《びやく》事件について口を滑らせた罰は、この正座だけで十分だとアカネは思っている。だがラガートは、なぜかバツの悪い表情をしている。

そんな顔をされれば鈍いアカネだってピンとくる。

「デュアロスさん、ラガートさんが媚薬《びやく》のこと以外で仕出かしたこと、詳しく教えてください」

「もちろんだ」

即答したデュアロスは、ラガートを一睨《ひとにら》みするとすぐに口を開いた。

ラガートがアカネに仕出かしたこと――それは他でもないラガートが、己《おのれ》の独断でアカネをお城の離宮に監禁したことだ。

ミゼラットが見栄のためについた嘘は、熱帯魚のグッピーのように立派な尾ひれがつき、「アカネこと異世界人は、性悪で人を人とも思っていない鬼畜な人間だ」と王都中に広まった。当然ながら、それは国王陛下の耳にも入った。

しかし、国王陛下はデュアロスがぞっこんべた惚れになった相手が、そこまで悪女だとはにわかに信じられなかった。

とはいえ、デュアロスは未だに独身のまま。自ら婚約証明書にサインをした手前、ずっと気にかけていたが、無事に式を挙げたという報告は受けていない。

そんなこんなで、近々デュアロスを呼び出し、詳細を聞こうと思っていたところ、息子であるラガートからこんな提案を受けた。

「ひとまず、これ以上悪い噂《うわさ》が広まる前に、異世界人を王宮に避難させましょう」と。

そう。お気づきかもしれないが、ラガートの発言は矛盾している。

実際のところ、国王陛下に結婚すると宣言したというのは、でっち上げ。ラガートは、ただ単にアカネの気持ちを試したのだ。他の男に乗り換えるような軽い女かどうかを。

まぁ監禁初日で……アカネがデュアロス以外の男に興味なしというのはわかったので、以降は困らせたかっただけという説もある。

そもそも仮にラガートが本気でアカネと結婚したくても、悪女という噂が立っている今、国王陛下は間違い無く難色を示しただろうし、デュアロスだって正座のお仕置きですませるわけがない。

ついでに言うと王宮に避難させること自体、国王陛下には抵抗があった。なぜならラーグ邸に特別な部屋があることを、もちろん知っているから。そこがこの国で一番安全だということも。

しかし、部屋の開閉の権限はラーグ家の当主にあり、異世界人の行動を国が監視するには不向きな場所でもあった。……というわけで、国王陛下はラガートの提案を受け入れた。

そりゃあ内心、国王陛下は何もそこまでしなくてもと思っていた。それに、竜伯爵に断りもなく権力を行使することに抵抗もあった。

だがしかし、ラガートに押し切られる形で了承した。というか、ラガートはほぼ強引にアカネを王宮に連行したのだった。

そんな暴君王太子は、歪《ゆが》んだ愛情の持ち主だ。

ぶっちゃけ、ラガートはアカネにヤキモチを焼いていた。長年、金魚の糞《ふん》のようにデュアロスに付きまとっているというのに、意中の相手は安定の素っ気なさ。

なのに自分を差しおいて、あっという間に彼の心をさらったアカネが心底羨《うらや》ましかった。

ラガートは、なに食わぬ顔でアカネとフレンドリーに接していたけれど、内心ずっと「くっそ。マジ羨《うらや》ましいっ」と歯軋《はぎし》りをしていた。

ただデュアロスはアカネのことが好きで、アカネはデュアロスのことが好き。自称親友のラガートはそれにいち早く気づいていたから、心で泣いて二人が幸せになることを祈っていた。

アカネには二人で出かけたのは、自分とアカネの間に既成事実をつくるために仕組んだことだと言ったけれど、それは大いなる嘘。

あのときラガートは、ダリと同じ気持ちで、二人の距離を縮めるための当て馬になることを買って出たのだ。

しかし、次期国王である自分が当て馬役になったというのに、当の二人は亀より遅い交際速度。加えて異世界人の変な噂《うわさ》は立つし、デュアロスはこれまで以上に冷たい態度を取る。

なんかもう、自分が馬鹿みたいじゃないか!!

そんなふうにラガートは一人勝手にキレた。実際彼は馬鹿の部類に入るのだけれど、一応王太子なので、馬鹿と言ってはいけない。ある一部分のみ残念なだけ。

とにかく可愛さ余って憎さ百倍的な感じでアカネを離宮に監禁することにした。期限は噂《うわさ》が落ち着くまで。実はそれ以外にも打算があった。

アカネを王宮に監禁しておけば、デュアロスは自分に会いに来てくれる。

これまでは、自分がデュアロスのもとに足を運ばなければ顔を見ることができなかったのに、そんなことをしなくても、待っているだけで彼が会いに来てくれる。

それはまさに夢のようで――ラガートが無駄にアカネのもとに通っていた目的はそこにあり、これらの理由が、アカネが王宮に監禁された経緯だったりもする。

「――もうっ、ラガートさんったら余計なことをしてくれて!!」

デュアロスの説明を聞き終えたアカネは頬を膨《ふく》らませる。

つまりアカネが監禁されたのはラガートの八つ当たりで、結局、悪評がおさまるわけでもない、本当にただの迷惑行為だったということだ。

「ああ、私も同感だ。だから正座では生温《なまぬる》いと言ったんだ。もっと酷《ひど》い体罰を与えるべきだ」

「……え……俺、もしかして殺される？」

ボソッと、でも本気の恐怖を滲《にじ》ませて呟いたラガートだけれど、返ってきたのは無言、無視。絶対的な発言権を持つはずの王太子の言葉は、むなしく壁に吸い込まれていった。

だが結局のところ、その後も極刑まではいかずラガートは生きている。ただ正座は続行。しかもデュアロスとアカネのイチャイチャを間近で見なければいけない刑に処されている。

「で、いつまでこうしていればいいんだろうか……」

ラガートは泣きそうな声で呟いた。畳文化に触れたことがないラガートにとって、この状態はかなり辛い。

しかし、少し離れた場所にいるアカネとデュアロスは、ホットショコラを飲んだり、飲ませたりと忙しそうで、ラガートのことなど眼中にない。

このまま日が暮れても、翌朝になっても、放置され続けるのだろうかと、嫌な想像が頭をかすめ、ラガートはぶるっと身震いした。

多分、あと五分このままだったら、自分の足は一生使い物にならなくなるだろう。

そんな不安を抱えつつ、すがるようにイチャイチャしまくる二人を見つめれば、デュアロスと目があった。

「殿下、アカネになにか言うことは？」

「あります、あります。どうか言わせてください。——アカネちゃん、俺が暴走しちゃったせいで迷惑かけてごめんね。許してください」

正座のまま頭を下げた姿はまさに土下座である。

ラガートからすれば、足が限界で立つことすらできず、そのまま頭を下げるしかなかったのだが、アカネにとっては一国の王太子に土下座をさせてしまったということになり……もうこれは、矛《ほこ》を収めるしかなかった。


人並みにソファに座る権利を得たラガートは、よったよったとソファによじ上る。

その姿は無様としか言いようがないが、アカネはそれよりも、とデュアロスに視線を移した。ちなみにアカネはもうデュアロスの膝《ひざ》から下りている。

「なんか……お手数をおかけして、ごめんなさい」

すべての話を聞き終えた今、監禁された自分をラーグ邸に戻すためにデュアロスがどれほど尽力してくれたのか、申し訳なくてならない。まかり間違っても簡単なことではなかったはずだ。

そもそも、自分がデュアロスからのプロポーズをさっさと受け入れていればこんな大事《おおごと》にならなかったし、ダリの前髪も不揃いにならなかったのだとアカネは悔《く》やんだ。なのに——

「謝られる理由がわからないから、謝罪は受け取らないよ」

デュアロスは軽く笑って、アカネの謝罪を流してしまった。アカネの肩がさらに縮こまる。

(溺愛されてるなぁー、私)

最初に監禁された後、ダリの別邸で過ごしたときは、ただただデュアロスが恋しかった。でも今回監禁されている間、アカネはずっとデュアロスとの未来を考えていた。

もしかして、デュアロスは迎えに来てくれないかも……なんて、欠片《かけら》も思わなかった。日が暮れて、夜になって、また朝日が昇るのと同じく、彼が迎えに来てくれることを当たり前のように思っていた。実際、デュアロスは迎えに来てくれた。

嬉しかった。幸せで心がいっぱいに満たされた。と同時に、アカネは気づいてしまった。自分は、これまで付き合った恋人を無条件に信じることができていなかったことに。

「○○○だから、大丈夫」「○○○したから、きっと」というふうに根拠を並べて、相手の行動を予測していた。それをずっと信じることだと思い違いしていた。

随分《ずいぶん》情けない恋愛をしてきたな、と自嘲《じちょう》すると共に、アカネは信じることを教えてくれたデュアロスのことがますます好きになった。

「アカネ、どうしたんだい?」

無意識のうちに俯《うつむ》いていたアカネの頬を、デュアロスが優しく撫《な》でる。少し離れた場所から「なんだよ、もー」と不満げな声が聞こえてくるが無視をする。

「なんでもないです。えっと……あの、収束させるのって私も手伝っていいですか？　っていうか、私のことなんだから、やらせてください！」

気持ちを切り替えて張り切った声を出せば、デュアロスは目を細めて「頼もしいな」と言った。

それから居住まいを正した三人は、緊張感のある表情に変わる。

「では、異世界人の悪評を払拭《ふっしょく》させる会議を始めよう」

意を決した面持ちでそう切り出したデュアロスは、無駄にカッコ良かった。


「では、早速ですが殿下、現在王都内で困っていることはありますか？　……危険性がなく、またアイデア一つで即座に解決できるものを幾つか教えてください。数は……まぁ、多ければ多いほどいいので、思いつくままどうぞ」

さらっと言ったデュアロスのそれは、完璧な無茶ぶりだった。無論、無茶を振られたラガートの目は死んだ。

「あのなぁ……デュア。城まで上がっている問題なら、もうそれは危険案件だし、即座に解決できる内容なら、もうとっくに官僚の誰かが処理してるよ」

「それを承知の上で聞いてます。会議だけはまともに参加していらっしゃるのでしょう？　私の覚えてほしくもない個人情報を乾いたスポンジのように吸収している殿下なら、記憶力はそれなりにありますよね？　ですから、ちょっと考えれば思い出せるでしょう。なんなら景気づけに一発殴りましょうか？」

「……デュア。お前から触れてくれるのなら、俺は泣くほど嬉しい。しかし、そのまま臨終《りんじゅう》するだろう」

なにせ、デュアロスは騎士団の中でも一、二を争うほどの腕前と腕力を持っている。

そんな男から殴られたら、良くて顔の形が変形、最悪即死だ。なによりデュアロスの目には確かな殺気がある。

「なら、早く答えてください。それとも死にたいんですか？」

「……ねえ、デュアロス君。今、しっかり死ぬって言ったよね？」

「ご安心を。運が良ければ、どこか遠い異世界に転移できます」

にこやかに告げたデュアロスに、アカネはすぐさま「あのね、ラガートさん！　死ぬ瞬間、目をぎゅっと瞑《つぶ》ればイケます！　大丈夫!!」などと、欲しくもないアドバイスをくれる。

ラガートは完璧に死地に追い込まれてしまった。

内心、デュアロスに殺されるなら「まぁ、ちょっといいかも」なんて思う自分がいるけれど、死因が〝会議のネタが出なかったから〟なんてあまりに悲しすぎる。

だから必死に考えた。そして幾つかデュアロスの要望に沿うものを提案した。

——数分後。

「駄目ですね。ぜんっぜんっ使えないです。やっぱり、少し殴りましょう」

「ま、待ってくれっ。頼むっ、もうちょっと考えるから！」

ぐっと拳《こぶし》を持ち上げたデュアロスに、ラガートは情けない悲鳴を上げながら部屋の隅に逃げようとする。でも、立ち上がった途端、へにょっと地べたに這《は》いつくばった。

「あ、足……痺《しび》れて……痛い」

すんっと鼻を啜《すす》りながら縋《すが》るようにデュアロスを見つめたけれど、返ってきたのは蛾《が》の死体を見るような冷たい視線だった。

「殿下、くだらない遊びをする暇があるなら――……ん？」

プルプルと小刻みに痙攣《けいれん》するラガートの姿がよほど目障りだったのだろう、デュアロスは眉間《みけん》に山脈を作りながら席を立つ。痺《しび》れた足を軽く踏もうと思って。

しかし、立ち上がると同時にアカネに袖を軽く引かれ、すぐに眉間《みけん》の山脈を消した。

「アカネ、どうしたんだい？」

思わず拍手したくなるくらい器用に声音《こわね》を使い分けたデュアロスは、優しい眼差しをアカネに向けた。

「質問いいですか？」

「ああ。いくらでも」

「えっと……デュアロスさんは、ラガートさんに何を聞いてるんですか？　っていうか、危険性がなくて即座に解決できる王都で困っていることを知って……あの、どうするんですか？」

その答えをデュアロスは、もったいぶることなくすぐ教えてくれた。

「暗礁《あんしょう》に乗り上げていた問題が、異世界人の知恵で即座に解決できたなら、皆、見る目を変える。つまり、城の離宮で無駄に時間を過ごさなくても即座に君の悪い噂《うわさ》を払拭《ふっしょく》できる」

「……なるほど、そうですね」

異世界人の知恵を期待されることに、アカネは冷や汗を垂らす。

ぶっちゃけ人に自慢できる特技もないし、おつむの出来だって良くはない。お目当ての短大に入学できたのだって、先生の温情で推薦枠に入れてもらえただけ。一般入試だったら、ちょっときわどかった。ってか、多分サクラチル。

そんな自分に神がかった何かを期待されても困る。期待値を上げるほど、落胆が大きくなる現実を今すぐ知ってほしい。

「デュアロスさん、私」

「アカネは何もしなくていい。私がすべてやる」

「いや、それはちょっと……」

期待されても困るけれど、はなから期待されないのは、それはそれでちょっと切ない。

そんな相反する気持ちから、何も言えなくなってしまったアカネだが、ここでラガートが声を上げた。

「あっ！　そうだっ。ラフィリッチェの宗教画はどう!?」

「――なるほど、盲点だった」

「何がですかぁ？」

デュアロスはパチンと指を鳴らす。けれど異世界人のアカネは、ぽかんとした表情を浮かべるだけだった。

ここフィルセンド国には、二人の英雄がいる。

一人は、国の窮地《きゅうち》を救った竜の化身こと、初代異世界人。もう一人は、フィルセンド国を建国した女神ラフィリッチェ。

神様を英雄扱いするのはどうかと思うが、そこを議論すると話が進まない。

とにかく女神ラフィリッチェは英雄と呼ばれ、国中の至るところに女神像が置かれている。ちなみに異世界人の銅像はない。

きっと初代の異世界人は謙虚なお方だったのだろう。もしくは残念なビジュアルを自覚して辞退したのかもしれない。それはそれでやっぱり謙虚なのだが、それもまたどうでもいい話で。

さて、話を元に戻すと、国中に散らばる女神像は、一枚の絵画を元に造られているらしい。

それがつい先ほどラガートが叫んだ『ラフィリッチェの宗教画』である。レプリカは、ごまんとある。画集を買えば、どこかのページに必ずいる。

しかし現物は当然ながら、世界で一枚しか現存しない。そしてそれは大変な価値があり、また、とても尊《とうと》いものでもある。

そのせいで、現在王都では『ラフィリッチェの宗教画』をめぐり、静かに、でも激しい争いが起こっていた。

「――ふぅーん。つまり、『ラブリッチェの宗教画』をがめつい商人と熱烈な信者で取り合っているってことで合ってますか？」

「まぁ、身も蓋《ふた》もない言い方をすればそうだな。ところでアカネ、ラブリッチェではなくラフィリッチェだ」

「あはっ失礼」

へへっと笑うアカネにデュアロスは目を細める。そんな二人に舌打ちし、ラガートが口を挟む。

「アカネちゃん、しれっと言い間違えてくれたけど、コレ国宝級の宗教画なんだけど」

「黙れ。殿下、あなたに発言権はもうありません」

「……寂し」

すんっと鼻を啜《すす》ったラガートだが、いつまた正座を命じられるかわからないので、素直に口を一文字にした。

「で、デュアロスさん。この宗教画って、そもそも最初の保有者って誰なんですか？」

「これが難題なんだ。実は、ガダッド商会と信者が両方とも己《おのれ》のところだと主張している」

「あらま」

思わずオバサン口調になったアカネに、デュアロスは「可愛い」と微笑む。

そういう不意打ちは大好物だが、今は、ちょっと自粛願いたい。だって浮かれてしまって、何も考えられなくなるから。ただでさえ頭の出来が悪いというのに。

そんなことをデュアロスに目で訴えつつ、アカネは元の世界に置き換えて考えてみる。

「なんかもう、国の所有物にしちゃえばいいような気がするんですけど……有形文化財的な？」

歴史的、文化的、そんでもってなんか特別な価値があるものは、元の世界では大抵国の文化財になっていた。そして博物館とか資料館とか美術館などで展示されている。

だから、元の世界の知識を活かして即解決できた！　……と、アカネは思ったけれど、そう簡単な問題ではなかった。

「アカネの言うとおり、その案は出た。だが、モノがモノだけに国宝扱いとなり厳しい管理下に置かれる。そうなると信者たちが拝観できないと、強い反対があったんだ」

「どっかの博物館に置いて拝観料を取るっていうのは？」

「翌日には、盗難にあうだろう。死者も間違いなく出る」

「そんなぁ……女神様は自分の肖像画で殺傷事件を起こされても嬉しくなんかないのに」

「全くそのとおりだ。だがそう言って聞く相手ではない」

ため息と共にデュアロスはそう言って渋面《じゅうめん》を作った。

愁《うれ》いを帯びた彼の表情にキュンとして思考の全部を持っていかれそうになったアカネは、すすっとそこから視線を外して考える。

防犯カメラに優秀な警備会社。加えてメンツをかけて、警察の皆々様が犯人を捜してくれる元の世界とは根本的に何かが違う。ついでに歴史的価値のあるものを共有しようとする意識はゼロときたもんだ。

アカネは眉間をもみもみしながら、元の世界での知識を活かして一発解決できそうな手立てはないものかと考える。

といっても法にも政治にもそこまで詳しくないため、行きつく先は過去に見たテレビドラマの内容。約四十五分でドラマティックに解決するそれらに縋《すが》れば、一つくらい参考になるものがあるはず――だが、思い浮かぶのは時代劇ばかり。なぜならアカネは〝おばあちゃん子〟だったから。

記憶の中にいる祖母は暇さえあれば時代劇を見ていた。アカネも必然的にそれを見ていた。アニメが見たかったけれど、菓子で買収され嫌々ながら見ていた。

安心の展開に、お決まりの台詞《せりふ》。ちょっと泣かせる人情噺《にんじょうばなし》は、当時子供だったアカネにはさほど面白いとは思えなかったが、そこそこ内容は覚えている。

そこで、とある番組のとある名裁《めいさば》きのエピソードを思い出した。

「デュアロスさん、あのですね、こんなやり方で決着をつけるのはどうでしょうか？　元の世界で名裁きって言われたヤツなんですが」

「是非聞かせてほしい」

デュアロスから食い気味に頷かれたアカネは、コホンと咳ばらいして語り出した。

――それから数分後。

「なるほど、実に斬新《ざんしん》な判決方法だ。このやり方は私は初めて聞いた。殿下？　あなたは、どう思われます？」

「そうだね、俺も初耳だ。なんかすごいねーアカネちゃんのいた世界って」

「ラガートさん、それ褒《ほ》めてます？　貶《けな》してます？」

「褒《ほ》めてるんだよ!!」

「あ、そうですか」

心外だとぷんすか怒るラガートを無視して、アカネは方針を固めることにする。

気分は学級委員長だ。過去一度も、推薦されたことなんてなかったけれど。

「では、今言ったやり方で、その『ラフィリッチェの宗教画』の所有権を決めるってことでいいでしょうか？」

「ああ、名案だ。異論はない。……殿下もそれでいいですよね」

「もちろん！」

ラガートが即座に頷いたことで、満場一致で会議は終了となるところだったが。

「あ、あと私から一つお願いがあるんですけど……」

「なんだい？　何でも言ってくれ。今すぐ用意しよう」

デュアロスから食い気味に促《うなが》されて、アカネはすすすっと視線を逸《そ》らす。諸々の事情から。

「では、お言葉に甘えて。えっと、ミゼラットさんを……その宗教画の所有権を決めるときに呼んでほしいんですが。ちょっと手伝ってほしいことがあって」

「やめておけ」

ついさっき「何でも言ってくれ」と言ったくせに、デュアロスはアカネのお願いを却下した。そんな彼の態度に、そりゃないよとアカネは思う。

「……やっぱ、修道院に入っちゃったら簡単には出られないんですかね？」

「いや、それは問題ない。だが、彼女は厄災だ。関われば、間違いなくロクなことにはならない。

あそこに収監しておくのが一番だ」

神様に三番目くらいに近い場所を監獄呼ばわりするデュアロスはかなり罰当《ばち》たりだ。でも、彼がそう言った気持ちは十分わかる。

アカネとて本音を言えば、ミゼラットと関わり合いたくない。しかし、そうはいかないのだ。彼女でなければ困るのだ。というか、今回の宗教画事件において判決を下《くだ》す際に、十対〇ではきっと禍根《かこん》を残す。

だから、そうならないためにミゼラットに是非とも協力してほしい。適任者は彼女しかいない。

それにあれだけのことをしたのだから、それ相応のお手伝いを頼んでも罰《ばち》は当たらないとアカネは思っている。

そんなわけでアカネは「駄目、絶対!!」というオーラを全開にするデュアロスに、事細かに詳細を伝える。その結果、デュアロスは思いの外あっさり許可してくれた。

そんなこんなで、只今より十日後、異世界人の悪評を払拭《ふっしょく》するために『ラフィリッチェの宗教画の所有権裁判』を開廷することが決定した。

第七章　異世界人アカネの名裁きならぬ迷裁き！　からの……公開○○

宮廷楽団がこれから始まる歴史的瞬間を彩《いろど》るため、ファンファーレを奏でる。

観客たちが、わぁっと地が揺れるような歓声を上げる。

本日は晴天、多分吉日。裁判をするにはもってこいの日……のはずなのだが、アカネの顔は引きつっている。

緊張のせいではない。ここが木槌《きづち》の音が響く裁判所ではなく、円形闘技場《アンフィテアトルム》であるからで。

（え……なんか思ってたのと違う）

アカネのイメージでは、もっとこう重々しい場所で、厳《おごそ》かに粛々《しゅくしゅく》と事を進めることになっていた。

けれど今目の前に広がる光景はどう見たってお祭りだ。もしくは年末特番の格闘技会場。

百歩譲っても、いや千歩譲ったって裁判的な何かを見つけることはできない。そんなわけで、アカネはすぐ隣にいる自分の護衛騎士に声をかけた。

「……ねえねえ、デュアロスさん」

「何だいアカネ」

「えっと……私たち、今から裁判をするんですよね？」

「ああ、そうだが」

「えっと、なんでこんなオープンな場所で？」

「多くの人にアカネの勇姿を見てもらえれば、より早く悪評が払拭《ふっしょく》されるだろ？」

「……そ、そうですか」

ひとまず頷くアカネであるが、心中はとても焦《あせ》っていた。

（いやいや待ってよ。それ超危険っ。一歩間違えれば、より悪評が!!　そうなったら、私、社会的に死んじゃうよ!?）

さすがに声に出して言うことはできない。だって周りにはたくさんの近衛騎士がいるから。しかも全員が全員、アカネに期待の眼差しを向けている。

（……なんかごめん。本当にごめんなさい）

正直、こんなド派手な演出をされるなんて思ってもみなかった。

ちょっとどっかの裁判所っぽいところで宗教画の所有権を決めて、そんでもって、ちょっと腕のいいライターっぽい誰かがそれを記事にしてくれるもんだと思っていた。

しかし実際は、大観衆の中、ザ・異世界人的な衣装を身にまとい、御奉行《おぶぎょう》様よろしく裁きを下すことになるなんて。一体誰がこの状況を想像できたであろうか。

そりゃあ案を出すだけ出して、あとはデュアロスたちに丸投げしてしまったアカネにも非があるのだが、それを今更追及したとて詮ないことである。

「アカネ、緊張しなくて大丈夫だ。もし何かあれば、私が盾になる。君を全力で守る」

「……デュアロスさん」

本日のデュアロスは、アカネの護衛騎士という立ち位置にいる。だから屋敷の中で過ごすジャケットにタイという貴族青年スタイルではなく、騎士の正装だ。

普段以上に華やかでありながら気品と勇ましさを感じさせる彼に、アカネはついつい見入ってしまう。

(……めっちゃ写真撮りたい！　くそっ、なんで異世界転移したときスマホを持ってこなかったんだ、私!!)

心の底から悔《く》やむアカネであるが、ないならないでがっつり目に焼き付けようと、デュアロスを食い入るように見つめた。

そこいらにいた騎士たちは、大変気が利《き》くらしく、見つめ合うデュアロスとアカネの邪魔にならぬようそっと気配を消す。

そんな中、アリーナから司会進行役の官僚っぽい誰かが「静粛に！　静粛にっ!!」と叫ぶ声が聞こえてきた。

デュアロス共々そちらに目を向ければ、これまた王族の正装に身を包んだラガートが、近衛騎士数名を従えアリーナ中央に歩を進めている。

「……どうしよう、私、緊張してるのかなぁ。ラガートさんが王子様に見える」

「アカネ、殿下は人前ではまともなんだ」

「へぇー。じゃあ、ずっと人前にいればいいのに」

「もっともだ」

不敬罪確定の会話をしているが、アカネとデュアロスはアリーナの隅っこに作られた即席の控室にいるおかげでラガートには聞こえない。

「只今より、異世界人アカネによる〝ラフィリッチェの宗教画の所有権裁判〟を行《おこな》う。有権者と主張するガダッド商会代表者と信者代表、両名ここに参れ」

王太子モードのスイッチが入ったラガートの声は、威厳がありよく通る。

堂々とその場を取り仕切るラガートは、つい先日、足の痺《しび》れで半泣きになっていた男とは到底思えなかった。

そんなことを考えていたアカネであったが、進み出た二人の人物を見て、思わず息を呑んだ。

(うわぁー……両極端!!)

一人は金のチャリン音だけで白米三杯食べているよね？　と聞きたくなるくらいでっぷり太った成金オヤジ。

もう一人は、お祈りも大事だけどご飯食べよ？　ね？　と、おにぎりを差し出したくなる、ひょろっひょろのお爺《じい》様。

どっちがどっちなのか確認しなくてもわかるくらい、アリーナの中央に出てきた二名は身体の横の幅も、厚みも、真逆だった。

「……デュアロスさん、どうしよう……私の計画失敗しちゃうかも……」

アカネは先行き不安すぎて、デュアロスのマントをぎゅっと握る。しかしデュアロスは緩《ゆる》やかに首を横に振った。

「確かに見た目は違いがありすぎる。しかし、人は見た目で判断してはいけない。予定どおり事を進めて問題ない」

「これは見た目と正比例する問題だと思いますよ？」

「いや、大丈夫だ」

断言するデュアロスに、何を根拠にそんなことを言うんだとアカネは思わず胡乱《うろん》な目を向けてしまう。

だが、その理由をデュアロスから聞き出す前に、再びラガートの声がアリーナに響く。

「それでは、此度《こたび》の所有権に判決を下す異世界人アカネ、ここに参れ」

ラガートがそう言った瞬間、観客席から激しいざわめきが起こった。再び司会進行役が「静粛に!!」と叫ぶが、効果なし。

「あー……なんか今頃になって緊張してきた」

手のひらに「人、人、人」と書きながら、アカネは無駄に深呼吸を繰り返す。

よくよく思い出したら人前で何か発言するなんて、高校二年生のときの全校朝礼で『清掃委員からのお知らせ』を読んだとき以来だ。

確かあのとき、めっちゃ噛《か》んだ。そして噛《か》みまくる自分がツボに入り、全校生徒の前で始終半笑いの表情を浮かべていたのは黒歴史である。

「……デュアロスさん、失敗した私を嫌いにならないでくださいね」

「何を馬鹿なことを。嫌いになるわけないだろう。それに、私がついている」

手汗びっちょり、膝《ひざ》ブルブル状態のアカネの手を取り、デュアロスはその場に跪《ひざまず》く。

「愛する人、アカネ。わたくしデュアロス・ラーグはあなただけの騎士。これより我が身はあなたの剣であり、盾となる。どうかお心を強く持ち、前へとお進みください」

(カッコイイ!! マジかっこいい!!)

緊張から心臓が止まりそうになっていたはずなのに、今のアカネはときめきすぎて臨終寸前だ。

そんなアカネの手を優雅に引き、デュアロスはアリーナへとエスコートした。お付き合いを始めてまだ一ヶ月も経っていないのに、デュアロスは目覚ましい進歩を遂げている。

ラノベや少女漫画に出てくるような演出をデュアロスがかましてくれたおかげで、アカネは最高にご機嫌だった。

観客席から向けられる女性の「たかだか異世界から来ただけなのに、何なの!?」という嫉妬《しっと》百パーセントの視線も、男性の「へぇーコレが、異世界人。へぇー」という好奇の視線も、痛くも痒《かゆ》くもない。

もちろん悪い噂《うわさ》だけを信じる野次馬たちの発言だって、ぜぇーんぜん耳に入ってこない。ただ、ご機嫌すぎて半笑いの表情は隠せない。

一応の努力はしたが、結局そのままの表情で王太子のもとまで近づいてしまう。すると、王太子はいつものラガートに戻って口を開いた。

「ねぇ、アカネちゃん……あのさぁ、もうちょっと異世界人っぽくキリッとした顔できない?」

「無理。だって今、スペシャルカッコイイ騎士様からお姫様扱いされちゃったもん」

「あーそー……腹立つなぁもう」

観客席から降ってくる嫉妬《しっと》の視線よりも強くアカネを睨《にら》んだラガートだったが、すぐに我に返ったようだ。

「では、ここで開廷の誓いを——これよりここは一視同仁《いっしどうじん》の場であることを了知します。この法廷で行《おこな》う言動はすべて嘘偽《いつわ》りないものであり、そこに一切の欺瞞《ぎまん》がないことを、神にかけて誓います」

さすがに裁判が始まるだけあって、あれほどうるさかった観客席は水を打ったかのように静まり返った。

そんな中、アカネはラガートと共に体育祭の開会式のノリで片手を上げて宣誓する。もちろん、所有権を主張する二名も一緒に。

ただ内心では、神様の絵画の所有権を決めることを神様に誓うのってどうよ？　とか、欺瞞《ぎまん》がないって言ってる成金オヤジはマジで嘘つきだ！　なぁーんて思っていたりする。

といっても余裕があるわけじゃない。やっぱり、そこそこ緊張しているせいで、無意識に心の安定を保とうとそんなどうでもいいことを考えているだけなのだ。

「——では、異世界人アカネ。そなたの裁量《さいりょう》で決めてもらいましょう」

「はい！」

後は任せたと言いたげに、王太子はアカネだけにわかるように意味ありげな視線を向ける。対してアカネは、元気よく返事をする。

始まってしまえば、もう腹を括《くく》るしかない。それにデュアロスから大丈夫だと太鼓判をもらった。それが根拠のない自信になってくれている。

だだっ広いアリーナには証言台も、木槌《きづち》も、検察官席もないけれど、アカネは過去にテレビで見た元の世界の裁判のイメージを膨《ふく》らませて口を開いた。

「それでは早速ですが、ラフィリッチェの宗教画の所有権を決めたいと思います。まず……えっと、『ラフィリッチェの宗教画』をここに」

アカネの指示で、そこそこ上位の官僚が絵画を銀の盆にのせてしずしずとやってくる。それと同時に権利を主張している二名は「これは俺のモノだ!!」と目で強く訴えてきた。

アカネはそれらの視線をしれっと無視して、すぐ傍で控えてくれているデュアロスから手袋を受け取り、それを嵌《は》めると絵画を手に取った。

「確認ですが、これはお二人が所有権を主張している絵画で間違いありませんね」

「さようです」

「ええ、そのとおりです」

段取りどおりの確認を終えたアカネは、ここで姿勢をぴんと正してこう言った。

「では、お二人はこの絵画の端っこと端っこを持って引っ張り合いをしてください」

「はぁ!?」

「はぁ!?」

有権者と主張する両名は揃って素《す》っ頓狂《とんきょう》な声を上げた。

素晴らしいほど息がピッタリ合ったそれに、つい噴き出しそうになる。

しかし、ここで笑えば高校二年生の黒歴史の二の舞になるし、両名のリアクションは想定の範囲内。だから、アカネは表情を変えずに二人を急かす。

「引っ張り合いができないなら、別にそれはそれで構いません。両者棄権ということで、これは国宝ということに――」

「ま、待ってくれっ」

「やります。すぐにやります」

よほどこの両名は、この宗教画を自分の手元に置いておきたいのだろう。

言うが早いか、アシスタント役の近衛騎士から手袋を受け取り、アカネの指示どおりむんずと宗教画を掴んだ。

「では、早速始めてください。あー……あと引っ張り合い以外のこと、例えばこっそり脛《すね》を蹴《け》ったりしたら、ただちに失格です。言っておきますが、この勝敗の決着は、どれだけラフィリッチェの宗教画を大切に思っているかが重要になっていますので――って、早っ」

アカネがルールを説明している途中だというのに、二人は引っ張り合いを始めてしまった。その表情は鬼気《きき》迫るもので、待ったをかける隙《すき》がない。

(まぁ、いっか)

説明はほぼほぼ済んでいるし、グダグダ躊躇《ちゅうちょ》して引っ張り合いをしてくれないほうが困る。

それに万が一、不測の事態が起こった場合は、デュアロスとラガートがフォローしてくれる段取りだ。だから自分は、「予定どおりですが、何か?」という顔をして澄ましていればいい。

内心、自分の発言を無視されたことにちょっとへこんでいるが、この程度で裁判を最初からやり直ししてほしいと要求するほど狭小ではないと自負している。ちなみにフォロー役の二人は、顔色一つ変えずに事の成り行きを見守っている。

などとアカネが他所《よそ》に意識を飛ばしている間も、ガダッド商会の代表者と信者代表は、両者負けじといい試合を見せてくれる。

しかも、風が吹いただけで倒れてしまいそうだった信者代表のおじいちゃんのほうが優勢なことに度肝を抜かれる。

(デュアロスさんが言っていたとおり、人は見かけで判断しちゃいけないんだなぁ)

同時にデュアロスが、この信者代表の底力を見抜いていたことに脱帽する。もう言わなくてもいいかもしれないけれど、今回もまた、新鮮なときめきを覚えてしまった。

しかし、アカネがキュンとしていられる時間は長くはなかった。

――ピリッ、ピリリ。

両者があまりに強い力で引っ張り合いをしたせいで、宗教画の端が音を立てて破れてしまったのだ。

最初にそれに気づいたのは、ガダッド商会の代表者だった。彼はその体形に似合わない「ひょえぇっ」という情けない声を上げ、引っ張る力を弱めてしまった。

対して信者代表のおじいちゃんは、今が好機と言わんばかりに力を強める。

すると、さらにビリリと宗教画の裂け目が広がってしまい――とうとうガダッド商会の代表者は手を離してしまった。

「はい、そこまで!!」

アカネはここで片手を上げると、声を張り上げた。

それが合図となって、動向を見守っていた騎士たちがすぐさま二人を取り押さえ、そんでもって強引に宗教画をひったくった。

次いでそれを恭《うやうや》しくアカネに手渡す。騎士に宗教画を奪い取られた二人は、納得できない様子でアカネに掴みかかろうとする。けれども――

「控えろ」

低く静かな声と共に、アカネの前に一人の騎士が颯爽《さっそう》と現れた。

それが誰かだなんて言わなくてもお察しだと思うが……デュアロスである。彼はアカネを背に庇《かば》うと同時に剣を抜いた。アカネはトキメキのあまり、目をハートマークにしてしまう。

(やだぁー、これぇー、めっちゃ美味しいヤツ!!)

これが少女漫画なら、ここはキラキラトーンに、花びらが舞う見せどころ。

だがしかし、現実はそうもいかない。

「……あのさぁ、アカネちゃんそれ後にして」

王太子モードのラガートは、乙女モードに突入したアカネに待ったをかける。

(もうっ、ラガートさんはいっつも邪魔ばっかりするっ)

こんなご馳走場面、滅多に体験できることじゃないのにと、アカネは憤慨《ふんがい》しかけた。が、進行責任は自分にあることを思い出してデュアロスの隣に並ぶ。

「じゃあ、判決を言い渡しまーす」

片手に宗教画、反対の手を体育祭の選手宣誓のように上げたアカネは、有権者と主張する二人と観客席に向け、声を張り上げた。

会場は一瞬だけ、どよっとざわめいたけれど、すぐに静まり返る。そんな中、アカネはガダッド商会の代表者に大股で一歩近づいて口を開いた。

「大切な宗教画を破ってまで、己《おのれ》の物にしたいだなんて思わなかったんですよね？」

「そうです、そうです、そうなんです」

質問というより確認に近いアカネの問いかけに、ガダッド商会の代表者はここぞとばかりに高速で頷き返す。それをしっかり目にしたアカネは、さらに問いを重ねた。

「大切なこれがまるで痛いと叫んでいるように感じられて、続けられなかったんですね？」

「そう、そうなんです。そうです、そうです」

さらにスピードアップしたガダッド商会の代表者に向け、アカネは最後の問いを投げかけた。

「で、あなたは何でこの宗教画を必要としてるんですか？」

「それは、もちろん……商品……あ、いえ」

ちらっと本音を零《こぼ》したガダッド商会の代表者を鼻で笑って、アカネは身体の向きをくるりと変えた。

「えっと……驚かせてごめんなさい」

進行上仕方ないとはいえ、力比べに始まって、大事な宗教画を裂くことまでしてしまったのだ。

これは年寄りの冷や水を飛び越えて、バケツ一杯の氷水をぶっかけてしまった状況である。

だから、まずアカネは目の前のご老人——信者代表にペコリと頭を下げた。それから未だに混乱の渦中にいる彼に向け、宗教画を差し出した。

「お受け取りください。この所有権は、現時点をもって、えっと……お爺《じい》ちゃん……あ、じゃなくって、信者の皆様に決まりました」

「……はい。ありがとうございます」

信者代表のお爺《じい》ちゃんは、宗教画を受け取ると両腕に抱え込んで、はらはらと涙を流す。

「異世界の尊きお方、本当にありがとうございます。これは……我々にとって命より大切なものです」

信者代表のお爺《じい》ちゃんが、まるで生き別れた我が子を掻《か》き抱くようにぎゅっと力を込める。

対してアカネは、にこにこと笑みを浮かべつつも、寂しさを感じずにいられなかった。

(やっぱ……こういうの見ちゃったら、どうしても思い出しちゃうよ)

アカネの下した裁きは、もともとは幼い頃に祖母が見ていたテレビの時代劇からヒントを得たものだった。

それは自分こそが母親だと主張する二人の女が、一人の子供をめぐり親権を争うというもの。揉《も》めに揉《も》めた末、最終的に奉行所《ぶぎょうしょ》で白黒つけることになったのだが、その際、御奉行《おぶぎょう》様は二人の女に子供の腕を一本ずつ持ち、それを引っ張り合いなさいと提案した。

結果として、痛みに泣き叫ぶ子供の姿に耐え切れなくなって手を離した女のほうが本当の母親だと裁きを下した――という内容だった。

その後、祖母と一緒に見たその時代劇があまりに衝撃的で、アカネは嬉々としてキッチンにいる母親にその内容を語った。きっと母も共感してくれると思って。

しかし、母は夕飯づくりの手を止めず、鼻で笑ってこう言った。

「はっ、何言ってんの。泣いた程度で子供を手放すわけないでしょ」

自分の話を完全否定されたことと、映像に映し出されていた痛い痛いと泣き叫ぶ子供の顔をつい自分に置き換えてしまったことで、アカネは心底震え上がった。その後一週間ほど謎の腕の痛みに悩まされた。

けれど今考えれば、全力で否定した母親の言葉は本心で、「何があっても絶対に我が子を手放さない」という愛情が込められた言葉であった。

(あのときは怖かったけど、今ならお母さんが言っていた意味がわかるよ)

商品価値が下がるからと手を離したガダッド商会の代表者と違い、信者代表のお爺《じい》ちゃんは、多分己《おのれ》の心臓が止まっても、宗教画がどんなに悲惨な状態になっても手を離さないと思わせる気迫があった。

今だから話せることだが、あの裂け目は引っ張り合いでできたものじゃない。もともとあったものなのだ。それをアカネたちはちょっとした細工をして隠していた。

互いの本音を探《さぐ》るために。

『ラフィリッチェの宗教画』は大事に受け継がれてきたものとはいえ、何百年も経っているからどうしたって劣化する。

裁判という名の引っ張り合いの末、さも今の今、破れましたといった感じにしたが、もともとあった裂け目を、敢《あ》えて再び裂けやすいように修復させていただいたのだ。

この裁判を始めるにあたり、ほとんどのことをデュアロスとラガートに丸投げしたアカネであるが、一応ちょっとは働いた。

アカネがやったことは二つ。宗教画の描かれた革の裏に別の革を貼り付けて補強する——通称裏打ちという技法と、その接着方法をこの世界の革細工専門家に教えること。

とはいえ、二つとも元の世界で得たうろ覚えの知識であり、伝授などとは言えないほど曖昧《あいまい》な知識であったが、さすがその道のプロ。アカネの「なんか、こうして〜」という適当すぎる説明でも、しっかりご理解くださって完璧に補修と補強を終えてくれた。

余談だが、裏打ちの際に使う接着剤を作るのは、かなり大変だった。

なにせ化学薬品もなければ、専門の機械もない世界だ。あるのはスリコギとすり鉢。ビーカーと試験管。そんな中で作れる接着剤となると、自然界のものを拝借するしかない。

ちなみに、接着剤を作る方法自体は至って簡単。要は液体から個体になるものを作り出せばいいだけの話。バナナの皮を焼いて出た汁でも、牛すじを煮詰めたものでも、接着剤は作れたりする。

ただくっつけるもの同士の相性はある。しかも極秘に事を進めたいがために、革細工のプロの人たちだけでは人手が足りず、アカネもデュアロスも、王子様であるラガートですらラーグ邸に泊まり込んで、革製品と一番相性のいい接着剤を作る羽目になったのだ。

長い歴史を感じさせる優美なラーグ邸の一室は怪しげな研究室となり、昼夜問わずさまざまな実験が行《おこな》われた。

得体の知れない物体を焙《あぶ》ったり、煮詰めたり、三枚おろしにしたり、遂には手が空いているラーグ邸の使用人まで巻き込み……すったもんだの末、無事に接着剤は完成した。

ついでに、この世界に来てからちょっと太り気味だったアカネは、ハードな毎日のおかげで元の体形に戻ることができちゃったりもした。

という嬉しい誤算があったりもしたが、まぁ……おおむね無事に、ラフィリッチェの宗教画の所有者を決めることができた。

（こうなったのは、ある意味お母さんのおかげなんだよなぁ。だから、お母さんに教えてあげたかったな。ありがとうって言いたかったな）

未だに涙が止まらない信者代表に温かい目を向けながら、アカネはもう二度と会えない母親の姿を思い出す。

母親との最後の記憶は、短大の入学式の三日前に引っ越しを手伝ってくれたとき。母は冷凍庫一杯に手作りの惣菜を一杯詰め込んでくれた。

それから「彼氏ができても、すぐに合鍵渡すんじゃないわよ」とくぎを刺すと同時に、「田舎娘《いなかむすめ》とナメられないように、これでお洒落《しゃれ》な服を買いなさい」と、アカネに鳳凰《ほうおう》が印刷されたお札を二枚握らせて実家に帰っていった。もったいなくて一枚は使わずに箪笥《たんす》の奥にしまったままだ。

そんな母のエピソードなんていくらでも出てくる。

一人暮らしは駄目だと県外受験をすることに猛反対した父を説得してくれたし、受験勉強中は毎日、夜食を作ってくれた。

鍋焼きうどんの具材を毎日変えてくれる母が大好きだった。大人になったら温泉旅行とかお芝居とか、色々なところに連れていく孝行娘になるつもりだった。でも、なれなかった。何一つ恩を返すことができなかった。

(お母さん、ごめんなさい。ついでに……お父さんも、ごめんね)

鮮明に蘇《よみがえ》る母親の笑顔が眩《まぶ》しくて鼻の奥がつんと痛くて——アカネは、スカートの裾をぎゅっと掴んで強く目を瞑《つぶ》った。

すると、すぐさま大きな手のひらが背中に添えられた。じんわりと伝わる温もりが、ものすごく愛しい。

そんなふうに、いとも簡単に自分の心を癒《いや》してくれるのが誰かなんて目を開けなくてもわかる。世界でただ一人だけ。デュアロスしかいない。

(……もうっ、デュアロスさんは何でもお見通しなんだなぁ。なんかちょっと悔しい)

どこまでも甘やかしてくれるデュアロスに、アカネは心の中で憎まれ口を叩いてしまう。

とはいえ、まだこの裁判は終わりじゃない。ようやっと折り返し地点に来たところ。だから、ここでお集まりいただいた皆々様にヘラリ顔を見せるわけにはいかないのだ。

「――ふざけるなっ、なんなんだこの裁判は！　こんな馬鹿げた判決など、誰が納得できるというのか!!」

アカネが気を引き締めると同時に、円形闘技場《アンフィテアトルム》の端から端まで届くくらいの怒声が響いた。声の主はガダッド商会の代表者だ。

実のところ、ガダッド商会の代表者は騎士たちに拘束されてからずっと叫び続けていたのだが、ひたすら無視されていた。これぞまさしくカクテルパーティー効果というものなのだが、今はそんな説明はどうでもいい。

とはいえアカネは、堪忍袋の緒が切れまくっているガダッド商会の代表者をこれ以上無視するつもりはなかった。

「まぁ、そんなに怒らないでください」

どうどうと、両手で押さえるような素振りを見せたアカネに、ガダッド商会の代表者は憤怒の表情を見せる。

だが、チャキッと独特の金属音がした途端、真っ赤だった顔はみるみるうちに白くなった。ちなみに音を出したのはデュアロスで、チャキ音は鞘《さや》から剣を抜いたときのもの。

そのすべてを気配で感じ取っていたアカネは、チラ見したい欲求をなんとか堪《こら》えてガダッド商会の代表者に向け口を開いた。

「えっと、この判決が不服そうに見えるんですが、当たりですか？」

「あったりまえ……あ……いえ、少々……いやまぁ、ちょっと……いえいえ、それほどは」

アカネの後ろにいる騎士の殺意を間近に受けてしまったガダッド商会の代表者は、歯切れの悪い言葉を紡《つむ》ぐ。でもその眼は、がっつり訴えかけてくる。

そんな不服オーラ全開のおっさんに向け、アカネはにぱっと笑みを浮かべると、こんな提案をした。

「実はですね、今回、所有権を得られなかった人のために、私、ラフィリッチェの宗教画に代わるものを用意したんです。――おじさん、聞いて驚くなかれ。今からお見せするソレは、世界で一つしかない希少なモノなんですよ」

最後の一文は、レア感を出すためにわざとこそっと囁《ささや》いてみる。

「そ、それは……どんなものなのでしょうか」

金の臭いを的確に感じ取ったガダッド商会の代表者は、案の定、態度を改める。

現金という言葉がこれほど似合う人をアカネは見たことがない。まさに金の亡者だと苦笑するが、でも期待のハードルを上げてもきっと大丈夫だと自信を持っている。

だから胸を張って、アカネは両手をパンッと叩いた。

「では、お見せしまーす。どうぞ、連れてきてくださーい」

アカネの声を合図に、円形闘技場《アンフィテアトルム》の端にある天幕から、フード付きのローブで全身を覆《おお》い隠した一人の女性が現れた。

しかしその女性は天幕の外に一歩出たものの、なかなか動こうとしない。むしろ全力でアカネたちのもとに行くことを拒んでいる。

そんな女性を見たデュアロスは苛立《いらだ》ちを露《あらわ》にして、近くにいる騎士に命じた。

「……力ずくで連れてこい」

「はっ」

騎士二名は駆け足で女性に近づくと、それこそ首根っこを掴むような勢いで連行してきた。

ローブ姿の女性に向き合ったアカネは、にこっと人懐っこい笑みを浮かべる。

「お久しぶりです、ミゼラットさん。この度はご協力いただきありがとうございます」

「……あんたねぇ、よくもわたくしをこんな目に」

「口を閉じてもらいましょうか、ミゼラット殿。お父様のためにも」

「……っ」

有無を言わさないデュアロスの言葉に、ミゼラットは半泣きになりながらも、むぎゅっと口を閉じた。

現在彼女はフードを被《かぶ》った状態で、しかもそのローブが真っ白なものだから、まるでてるてる坊主のような姿である。そして口は閉じているが、物騒な目つきをアカネに向けている。

ミゼラットは見た目だけは美人の部類に入るので、怒りを露《あらわ》にしていると迫力は倍増だ。しかしアカネは動じない。

ちょっと前までは、デュアロスの婚約者なのだとうそぶくミゼラットを前にしてオドオドしていたけれど、それは過去のこと。ただ、全部を過去にすることはしない。

色々やらかしてくれた彼女には、この裁判を平和的に終わらせるために少々手伝ってもらわないといけないのだ。そんなわけでアカネはガダッド商会の代表者に意味深な笑みを送る。

「なかなかの美人さんだと思いませんか？」

「ええ。さようでございますね」

ミゼラットは丈の長いフード姿でいるが、裾の合わせ目から彼女の生足がちらっと見えているので、どんな格好でいるのか想像がつくのだろう。

食い気味に頷いたガダッド商会の代表者は、鼻の下がびろーんと伸びている。その姿は単なるスケベ爺《じじい》にしか見えない。

（このおっさん、絶対にエロいこと考えているな）

まだミゼラットの使用方法について何一つ説明していないが、きっとガダッド商会の代表者の頭の中では、卑猥《ひわい》なお祭り騒《さわ》ぎが起こっているのだろう。まったく、最低な野郎である。

確かにアカネはミゼラットに対して意趣返しをしたいと思っているが、おっさんが考えるようなエロス全開のものではない。

ただ長々と説明するより一目見てもらったほうが早いので、ミゼラットにローブを脱ぐように伝える。すると、彼女はこの世の終わりのような表情で首を横に振った。

「ちょっと、ミゼラットさん。いい加減腹くくってくださいよ」

今にもガダッド商会の代表者が鼻血を噴きそうだ。焦《じ》れったく思ったアカネがローブを引っ張れば、ミゼラットは首をさらに横に振って絶対に嫌だと訴える。

涙目のその姿は憐《あわ》れみを誘うものだが、アカネは容赦しない。無論、デュアロスも。

「ミゼラット殿、嫌なら、ここでアカネの名誉棄損に関する裁判をしても構いませんが？」

「……そんな……それだけは」

悲痛な声を上げるミゼラットに対し、アカネはすんと鼻を啜《すす》り、さらに追い詰めることにする。

「……私、あなたの見栄っ張りな噂《うわさ》のおかげで心がボロボロになりました」

「うっ」

「人の視線が怖くて怖くて……未だに街を歩けないんです」

「ううっ」

アカネの発言は大嘘である。心がときめくことはあっても、ボロボロになんぞなっていない。未だに街を歩けないのは、ラガートに監禁されていたせいで自由がなかっただけ。あと、この裁判の準備に追われていたせいである。第一、人の視線が怖かったら、こんな大人数の集まった場所に平然と立っていられるわけがない。

だが、根っこはいい子のミゼラットは悔しげに顔を歪《ゆが》め、しばらく葛藤《かっとう》したあと、自らローブを脱ぐことを選んだ。瞬間、この場はド派手な拍手と歓声に包まれた。

ラフィリッチェの宗教画とは、フィルセンド国を建国した女神を描いたもの。

もっと詳しく説明をするならば、ラフィリッチェは魔物うごめくこの地をたった一人で制圧した闘神である。または鬼神とも呼ばれている。

そんな女神が、童話に出てくるような白と金を基調としたふんわりドレスなんて纏《まと》うわけがない。生足を大胆に見せた鎧姿《よろいすがた》で描かれていたりする。

さて、アカネがミゼラットにどんな協力をお願いしたかといえば、その美貌《びぼう》を最大限に活かすもの。アカネのいた世界で表現するならば、女神ラフィリッチェのコスプレをお願いしたというわけだ。

フィルセンド国には、当然ながらコスプレ文化はない。だから万が一、この案が不発に終わったらどうしようとアカネは密かに不安を抱えていた。

だがしかし、割れんばかりの歓声を受けた今、きっとコスプレはこれからフィルセンド国の新しい文化になると、ちょっとだけワクワクしていたりもする。しかし王太子だけは、真逆の表情を浮かべていた。

「アカネちゃん、マジえぐいことするねぇ。俺、セイザのお仕置きで済んで良かったよ」

ぼそっと呟いたラガートは憐《あわ》れみの目をミゼラットに向けた。

フィルセンド国では、女性は素肌を晒《さら》すことを良しとしない。そんな文化で生まれ育った彼は、ミゼラットにとってこれがどれだけえげつない罰なのか理解している。

「……わたくし、こんな屈辱《くつじょく》を受けたのは初めてですわ」

王太子から憐憫《れんびん》の眼差しを受けたコスプレイヤーミゼラットは、憎々しげにアカネを睨《にら》みつけた。

しかしアカネはこてんと首を傾《かし》げる。

「そうですか？　よく似合ってますよ」

「ふざけないでちょうだいっ」

噛《か》みつくように叫んだミゼラットであるが、忖度《そんたく》抜きでラフィリッチェに瓜二つだった。

ぶっちゃけ、ここまでクオリティの高い仕上がりになると思っていなかったアカネは、ラーグ邸のお針子兼メイドさんたちに心の中で感謝と尊敬の念を贈る。

ちなみに信者代表のお爺《じい》ちゃんは、ミゼラットに向かって膝《ひざ》をつき祈りを捧げている。死ぬ気で得たラフィリッチェの宗教画は地面にポイした状態で。

そんなお爺《じい》ちゃんを見て、アカネはつい「いいのか、おいっ」と突っ込みを入れてしまったが、残念ながら歓声に掻き消されてしまった。

ガダッド商会のおっさんは、目を真ん丸にして食い入るようにミゼラットを見つめている。とはいえ、煩悩《ぼんのう》は消えたのか、伸びた鼻の下はもとの長さに戻っていた。よかった、よかった。

「どうっすか？　生きたラフィリッチェの宗教画は？」

ニヤッと悪徳お代官様のような笑みを浮かべてアカネが囁《ささや》けば、悪徳商人面したガダッド商会の代表者はイッヒッヒと下種《げす》な笑い声を立てる。

「そりゃあ、もう。値をつけられないほど素晴らしいです」

おそらくこのオヤジ、そんなこと言いながらも心の中でソロバンをパチパチ弾き始めている。

ミゼラットは今回、しょーもない噂《うわさ》を流した罰として、ラフィリッチェの宗教画の所有権を得られなかった側の下でコスプレイヤーとして奉仕活動を行《おこな》ってもらうことになっている。期間は彼女

の反省具合次第ということで。

拒むなら、賓客である異世界人を愚弄《ぐろう》した罪で、コルエ家は財産及び爵位を没収。そんでもって家族そろって仲良く投獄。そんな究極の二択を突き付けられたミゼラットは、自らコスプレイヤーになることを選んだ。

ただし彼女に依頼したのは、あくまで宗教画の代わり。春画《しゅんが》の代わりを求めているわけではない。だからアカネは、本性を剥《む》き出しにしたガダッド商会の代表者に釘を刺す。

「言っとくけど、売らないし、あげないから。期間限定で貸すだけだから。お触《さわ》り禁止だからね！」

すぐさま豪快に舌打ちされたけれど、それに被《かぶ》せるようにデュアロスが鞘《さや》から剣を抜いた途端、ガダッド商会の代表者はふてぶてしい表情を消して「御意《ぎょい》に」と頷いた。

「——ところでアカネちゃん、そろそろお開きにしたいんだけど……いいかな？」

絶え間ない歓声が続く中、ラガートはこそっとアカネに耳打ちする。

「そうですね。今が一番いいタイミングですね。ちゃっと王子様らしく終わらせちゃってください。……あ、でもちょっと待って」

観客席はミゼラットのコスプレ姿に盛り上がっている。男性陣は口笛を吹く者、鼻息荒く美脚をガン見する者、はっきりとボディラインを褒《ほ》め称える者と様々で。

女性陣は女性陣で、女神様と呟き目をキラキラさせる者、キャーキャーと黄色い声を上げる者もいる。中には露骨《ろこつ》に嫌悪している者もいるが、それでも圧倒的に好意的に受け入れられている。

そんなふうに動物園のパンダよろしく見世物になっているミゼラットに、アカネはちょっとばかし意地の悪いお願いを思いついてしまった。

「ミゼラットさん、裁判を終わりにしたいんで観客の皆さんに手を振ってもらえますか？　闘神っぽく、なんか気の強い感じで」

「はぁ!?　嫌よっ。なんでわたくしがあんな下品な奴らに媚《こ》びを売るようなことをしないといけないの!?」

くわっと噛《か》みついてきたミゼラットに、アカネは半目になった。

「ふぅーん。そんなこと言っちゃうんだ。へぇー……人の彼氏に媚薬《びやく》飲ませたくせに」

「なっ……ちょっと、なんでそれ知って」

「そりゃあ、私、デュアロスさんと同じ屋根の下に住んでますから」

「……っ」

「ま、でも、考えようによっては、私はミゼラットさんにお礼を言わないといけない立場かもしれませんけどね」

「ちょっとそれ、どういう意味よ！」

「ふふーん。そういう意味ですよぉー」

意味深に笑うアカネに対し、女の第六感が働いたミゼラットはデュアロスを見る。

至近距離でこの会話を聞いていたデュアロスは、生真面目な表情を必死に取り繕《つくろ》おうとしているが、頬がほんの少しだけ赤い。

つまり、媚薬《びやく》を使って既成事実を作ろうとした結果、どうやらお目当ての彼は別の女といい夜を過ごしたということで。

「……あんた……よくもっ。覚えておきなさいよっ」

悔しさのあまり、ぎりっと歯軋りをするミゼラットに、アカネは身をくねらせながら口を開く。

「いやもう、忘れるわけないじゃないですか。ほんと、最高だったんで……へへっ」

そうなのだ。そうなった過程は諸々思うところはあるが、アレ自体は夢のような一時《ひととき》だったし、本を正せば媚薬《びやく》事件があったからこそ、デュアロスと一気に距離を詰めることができたのだ。

そりゃあ、縮まったのは心の距離ではなく、物理的なものだったけれど、でも、こうして両想いになれたのはあの事件があったからこそだ。

だからアカネは嘘偽《いつわ》りない気持ちをミゼラットに伝えることにする。

「ありがとうございます、ミゼラットさん。私とデュアロスさんの縁結びの神様になってくれて」

照れと幸せをごっちゃにしたアカネの笑みに、デュアロスははにかみ、ラガートは呆《あき》れ返り、ミゼラットは青筋を立てる。

そんなふうに四人が好き勝手な表情を浮かべていても観客の歓声はやまず、信者代表のお爺《じい》ちゃんは拝み続け、ガダッド商会の代表者はコスプレイヤーをどう活かすか考えるのに忙しい。

そんなカオスな状態で、一番最初に冷静さを取り戻したのはまさかのミゼラットだった。なぜなら彼女は一分一秒でも早く、この場を去りたかったから。

「――ったく、馬鹿じゃないのっ」

ミゼラットは小声でぼやくと、アカネに言われたとおり勝気な笑みを作って観客席に手を振る。

やけっぱちの状態で。

すぐさま観客席から割れんばかりの歓声が湧き上がり、この〝真のラフィリッチェの宗教画の所有権裁判〟はラガートの閉廷宣言と共に無事幕を下ろした。

†

裁判閉廷から少し後。

衛兵の手によって絢爛豪華《けんらんごうか》で大きな扉がゆっくりと開き、アカネはデュアロスに促《うなが》されて歩き出す。ある程度の距離を進んだアカネとデュアロスは、足を止め静かに頭を下げた。

低く重みのある声が、この場――王城内の謁見《えっけん》の間《ま》に響く。

「二人とも、面《おもて》を上げよ」

言われるがまま顔を上げれば、数段高い場所にある玉座《ぎょくざ》に座っている王様と目が合った。

(うわぁー、ラガートさんに瓜二つだ！)

正確に言えば〝息子であるラガートが王様に似ている〟なのだが、今はそこに重きを置く必要はないだろう。それより急遽《きゅうきょ》、王様に呼び出しをくらったことのほうが問題である。

ラフィリッチェの宗教画の所有権裁判が無事に終わり、アカネは一仕事終えた充実感で大変ご満悦だった。

あとはとっとと帰宅して、デュアロスの騎士姿を思う存分堪能しようと思っていた矢先、衛兵に捕まり、この謁見《えっけん》の間《ま》にほぼ強制的に連行されてしまったのだ。

そのためアカネの心は腹立たしさと不安とで忙しい。だがしかし、さすがに王様に向かって「で、要件は何すか？」とフランクに聞けるほど神経は太くない。

なにせ相手は、勝手に拗《す》ねた挙句に自分を監禁しちゃう王子の父親だ。思うがままに行動したらロクなことにならないだろうし、自分はそこまで命知らずな馬鹿ではない。

なので、気品のある異世界人アカネを演じている。……気品のある異世界人がどんなもんかはわからないけれど。

そんなアカネの心情を知らない国王陛下は、アカネたちが顔を上げると鷹揚《おうよう》に頷き、口を開いた。

「よくぞ参った。そして急な呼び出し、許せ。さてここは余と息子しかおらぬ。楽にするがよい」

「はい」

「はっ」

楽にしていいと言われても椅子を運んでくれる気配はないから、このまま突っ立って話を聞けということなのだろう。

あと、ひとまず連行したことを謝ってくれたので、王様の好感度はちょこっと上がった。

ただアカネは現在進行形でドキドキしている。言っておくが、ときめく系ではなく、ひやひやに近いそれ。

もしかしたら、王様からついさっきの裁判についてダメ出しを受けるのかもしれない。

しつこいようだが、個人的に裁判は無事終わったと思っている。

ド素人ゆえ色々ツッコミどころ満載《まんさい》で、多少勢いで締めた部分は否めないが、でも宗教画の権利を主張していた両名は、異議申し立てをしなかった。

見事所有権を勝ち取った信者代表のお爺《じい》ちゃんがちょっと不満そうにしていたけれど、でも、それは自分の見間違いだろう。そうだ、絶対に見間違いだ。

などと自分に言い聞かせてみても、やっぱり不安な気持ちはがっつりあって、ぎゅっと握った手のひらは、汗でぬかるみ気持ち悪い。

しかし王様は、そんなのお構いなしに話を進める。

「さて先ほどの裁判、ご苦労だった。それで、な」

変なところで言葉を止めた王様に、アカネはゴクリと唾を呑んだ。それに気づいた王様は、わざとらしくコホンと咳ばらいをしてからこう言った。

「そなたの功績を称え、褒美《ほうび》を与えよう。好きな望みを言え」

（……は？　褒美《ほうび》？）

予想外の内容に、アカネは完全にフリーズした。しかしその様子を悩んでいると受け取った王様は、くつくつとおかしそうに笑う。

「氷の伯爵を振り回す悪女……という噂《うわさ》とは違い、随分《ずいぶん》謙虚な娘だな」

「え？　氷の伯爵？　それって、デュアロスさんのこと？」

うっかりタメ口をきいてしまったアカネに、王様はさらに声を上げて笑う。

「ははっ。ここにいるデュアロス・ラーグの二つ名を知らぬとは驚きだ」

「はい、私も驚きです。だってデュアロスさんは氷っていうより、お日様みたいだから。何だか変なあだ名ですね」

真顔で答えるアカネに、王様はこりゃたまらんと言いたげに大爆笑する。

そんな中でもラガートは王子様然としているし、横にいるデュアロスは彫刻のようにピクリとも動かない。

そうして王様だけの笑い声がしばらく続いた後、再び威厳のある声が謁見《えっけん》の間《ま》に響く。

「異世界人アカネ、そなたは革細工の強化技術をこの国に授け、また特殊な接着方法を伝授した。何より長年官僚どもが解決策を見いだせなかった案件を半月足らずで解決させた。我が国の発展と、安寧《あんねい》に尽力したのだ。よって遠慮など不要。何なりと望みを言うがよい」

ババンッと王様はアカネに向かってドヤ顔を決める。だがしかし、アカネは困惑してしまう。

「……」

(どうしよう。人生でこれほどご褒美《ほうび》を押し付けられたのは初めてだよ)

色々尽力したと言ってくれたけれど、今回頑張ったのは私利私欲のためなのだ。それに自分だけでは、ここまでの結果を出すことはできなかった。

つまり王様が褒美《ほうび》をくれるというなら、この裁判において手を差し伸べてくれた人たちに平等に与えるべきだと思う。

もっと言うと、この裁判は国の平和云々《うんぬん》じゃなくて、己《おのれ》の悪評を払拭《ふっしょく》するために開いたもの。あとは、人の噂《うわさ》も七十五日。今後の自分の評価は自分の行動次第だと思っている。だから王様に何かを欲する気持ちはない。

そんなことをアカネは包み隠さず王様に伝えた。内心、こんな謙虚なことを言う自分にアカネ自身が驚いているけれど。

ただ王様も相当驚いたようで、きょとんとした後、また大爆笑した。どうやらこの王様は笑いの沸点が低いようだ。ただ単に、アカネの言動が王様の笑いのツボを刺激しているだけかもしれないが。

兎《と》にも角《かく》にも、この国の法であり秩序である王様にツッコミを入れる猛者《もさ》はここにはいないので、笑い声が収まるのをアカネを含めた三人はじっと待つ。

「――ははっ。腹が痛くなるほど笑ったのは、久方ぶりだ。それにしても……悪女というのが根も葉もない噂《うわさ》だというのはわかったが、違う意味で随分《ずいぶん》と驚かされた。うむ、気に入った。どうだ、異世界人アカネ、氷の伯爵を捨てて、うちの倅《せがれ》の嫁にならんか？」

「あ、それは絶対に嫌です」

まったくもってありがたくない王様の申し出を、アカネは瞬時に断った。

ラガートもほぼ同時に首を横に振り、デュアロスに至っては玉座《ぎょくざ》の前だというのに殺気を垂れ流した。

褒美《ほうび》はいらないが、不用品《ラガート》はもっといらない。そんなニュアンスで即答したせいか、王様は不満げな表情を作る。

「そうか。それは残念だ。まぁ、今日の今日決めなくても、そなたにはゆっくりと考える時間を与えよう。余の倅《せがれ》の妻になるということは、すなわちこの国の――」

「嫌です。絶対に嫌です！」

引き下がらない王様の言葉を遮《さえぎ》って、アカネはデュアロスの腕にぎゅっと自分の腕を絡める。

「王様、私、結婚するならデュアロスさんとって決めてるんです。ラガートさんが嫌っていうのもありますが、そうじゃなくってもデュアロスさん以外の男性とは絶対に結婚しませんっ」

キッと王様を睨《にら》みつけたアカネだが、すぐにデュアロスのほうに視線を向ける。きっと彼も頷いてくれると思って。けれども――

（あ、あれぇー？）

予想に反して、デュアロスは困惑した表情を浮かべていた。

「あの……ごめんなさい。私、デュアロスさんの気持ちを無視しちゃいました」

「……いや、謝ることはない」

「でもデュアロスさん、めっちゃくちゃ困った顔をしてますよ？」

「ああ、困って……いや、困ってはいない」

手のひらで口元を隠すデュアロスは、誰がどう見たって赤面している。いや照れている。つまり、怒ってはいない。でも、困惑はしている。

「ねえ、デュアロスさん。私、何をそんなに困らせてますか？」

アカネはここが謁見《えっけん》の間《ま》であることを忘れ、デュアロスのマントを軽く揺らしながら問いを重ねる。

するとデュアロスは、片手でアカネを制して深呼吸をする。それから顔の色を元に戻して首を横に振った。

「困ってなんていない。だが……こんなに早く、君から求婚の返事をもらえるとは思っていなかったから。その……とても嬉しいが、同じくらい驚いている」

「あ、そうなんですか。まぁ、こんなところで急に言われたらびっくりしちゃいますね。ごめんなさい」

「いや、いいんだ」

こんなところとは玉座《ぎょくざ》の前なのだが、王様は咎《とが》めることはしない。

なにやら面白い展開になったと、玉座《ぎょくざ》に腰かけたままぐいっと身体を前のめりにして展開を見守っている。

ちなみに、父親が代理プロポーズしたのにさっくり断られたラガートは、腕を組んで肩をすくめる。

「俺、ここに来て当て馬になるのかよ」

「はっ、いつまで経っても身を固めようとせぬお前が悪い。これを機にいい加減、見合いの一つでもしてみろ」

「……げ」

まさかのとばっちりを受けたラガートは、心底うんざりした表情になった。

一方、アカネとデュアロスは、下世話な表情を浮かべる国王陛下と、望まぬお見合いが決定して死んだ魚の目になったラガートを無視して、二人だけの世界に入っている。

しつこいが、ここはご立派な玉座《ぎょくざ》がある謁見《えっけん》の間《ま》。

生まれも育ちもフィルセンド国のデュアロスは、この場では厳粛な気持ちでいなければならないと細胞レベルで刻まれているはずなのだが、アカネからの逆プロポーズに、そんなものは都合よくナシとなる。

「……アカネ、本当に私と結婚してくれるのか？」

「はい。私、デュアロスさんのお嫁さんになりたいです」

デュアロスがかすれ声で問いかければ、アカネは大きく頷いた。

しかしデュアロスは嬉しそうでありながらも、どこか不安げだった。

「嬉しい。たまらなく嬉しい。だが……どうして急にそう決めたのか、聞いてもいいか？」

（うん、まぁ……そうなるよね）

アカネはデュアロスと向き合いながら、心の中で「……ははは」と乾いた笑いを漏《も》らす。

あの日――ダリの別邸から戻ってきた夜、デュアロスは自分にプロポーズをしてくれた。

でも自分は真摯《しんし》に伝えてくれたそれに対して、曖昧《あいまい》な返事をした。いや、はっきり言ってしまえば逃げたのだ。

デュアロスのことは好きだ。大好きだ。彼は自分にこれまで知らなかった感情を教えてくれた。

事なかれ主義だった自分の恋愛観を変えてくれた。大事にしたいからこそ逃げずに向き合わなければならないことを教えてくれた。

でも、デュアロスと結婚するということは、アカネにとって相当な覚悟が必要だった。

なぜなら、デュアロスと結婚すれば、アカネはラーグ家の一員となる。そうなったら元の世界のすべてを捨てなきゃいけないと思っていたからだ。

アカネはもう元の世界に戻ることができない。というか、戻ったら即ジ・エンドだから戻りたくはない。

でも生まれ育った世界のことをなかったことにしたくなかった。自分しか覚えていない大切な思い出を捨てたくなかった。――けれど、そうじゃなかった。

裁判の準備をしている間、革職人の皆様やラーグ邸のメイドさんたちは元の世界のことを興味深く聞いてくれた。「他には?」とか「こういう場合はどうしてた?」と質問もしてくれた。

嬉しかった。知識不足で答えられなかったことは申し訳なかったけれど。

そんな革職人の皆様やメイドさんたちとやり取りをしている間、ずっとデュアロスは優しい笑みを浮かべて見守っていてくれた。時には会話に入って、一緒に笑ってくれた。

そんな日々を送れば、鈍感なアカネだって気づく。

デュアロスは、とっくの昔に異世界人である自分を妻として迎え入れる覚悟を決めていてくれたことに。そして、この世界で生きることは、元の世界を捨てることではないと。

そう思ったとき、アカネの心は決まった。

「――私、この世界で生きていくなら、あなたの隣で生きていきたいって思ったんです」

長々と自分の気持ちを語ったアカネは最後にそう言って、デュアロスの手を握った。そして――

「デュアロスさん、どうか私をアカネ・ラーグにしてください。この世界で生きていく私に新しい名前を与えてください」

へへっと照れ笑いをしながらそう言ったアカネに、デュアロスは手を離すことなくその場に跪《ひざまず》いた。

†

『この世界で生きていく私に新しい名前を与えてください』

はにかみながらそう言ってくれたアカネを見たとき、デュアロスは他人から与えられる幸せはこれほどまでに嬉しいものなのかと、戸惑いすら覚えてしまった。

一度目にプロポーズをしたとき、デュアロスは強い使命感に駆られていた。

命に代えてでもアカネをこの世界にある様々な悪から守らなければならないと。悲しい思いも辛い思いも味わってほしくないと思っていた。

ただただ穏やかに日々を過ごしてほしいと願っていた。それができるのは自分しかいないと思っていた。

(でもアカネは、いつの間にか自分の足でこの世界を歩き始めていた)

人の言葉は時として凶器になる。根も葉もない噂《うわさ》のせいで振り回されて、どんなに傷ついているだろうと心を痛めていたデュアロスに反して、アカネはびっくりするほど前向きだった。

『デュアロスさん、頑張って成功させましょうね！』

寝不足続きのせいで目の下に隈《くま》ができても、アカネは生き生きとした表情でいてくれた。

不満を口にすることもなく、惜しみなく元の世界の知識を与えてくれて、使用人たちの体調すら気遣ってくれた。

そんな彼女に、デュアロスは何度も胸が締め付けられた。

アカネと出会ってから、デュアロスは切なさを覚えた。だが、代わりに孤独を感じなくなった。

生まれながらに背負わされた使命を負担に感じなくなった。

息をするのに苦痛を覚えなくなった。明日が来ることが楽しみになった。「おかえり」の言葉に温かさがあるのを知った。

そうしてデュアロスは気づく。ずっとアカネを守らなければいけないと思っていたけれど、いつの間にか自分はアカネによって見えない何かから守られていたのだ、と。

そんな奇跡と呼ぶべき出会いをくれたご先祖様と神様に、何度も何度も感謝した。

「……アカネ」

緊張のせいで震えるかすれ声で名を呼べば、アカネはすぐに「はい」と返事をしてくれた。デュアロスは跪《ひざまず》いた状態でアカネを見上げて目を細める。

「私は君が好きだ。もう出会ってから何度も君に恋している」

馬鹿正直に自分の気持ちを語ると、アカネの頬はみるみるうちに赤く染まる。可愛い。

「アカネ、私は一生君を大切にしたい。どうか世界で一番君に優しくできる権利を私に与えてくれ」

「はい。デュアロスさんだけにあげます」

にこっと笑ったアカネをずっと見ていたかったけれど、デュアロスはこみ上げる想いを堪《こら》えるために瞼《まぶた》を閉じた。

いつかアカネが自分のプロポーズを受け入れてくれたら、きっと自分は悦《よろこ》びのあまり飛び上がると思っていた。でも実際には、嬉しすぎて涙を堪《こら》えることしかできない。

「……ありがとう、アカネ」

祈るように呟き、アカネの指先に口づけを落としたデュアロスは、静かに立ち上がる。

「まずはデートをしよう。それからすぐにとは言えないが、領地にも一緒に行ってほしい。君に見せたいものがたくさんある。それからアプリゲームが何かはわからないが、必ず代わりのものを用意する。バイトというのも探し出してみせるし、学びたいことがあるなら世界中から優秀な教師を呼び寄せる。えっと……つまり……君が元の世界でできなかったことは、すべて私が叶えてみせる」

決意を口にし、いえいえそんなと遠慮するアカネを優しく抱き寄せ、己《おのれ》の手袋を外す。それからアカネの赤く染まった頬をひと撫《な》でして、小さな顎《あご》を少し持ち上げた。

「愛している、アカネ」

親指の腹でサクランボのような唇をなぞった瞬間、アカネはぎょっとした顔をした。

「デュアロスさん、ちょっと待って！　王様の前ですよ⁉」

（……あ）

うっかりしていた。アカネの言葉でほんの少しだけ我に返ったデュアロスだが、チラッと玉座《ぎょくざ》に視線を向けるとすぐに笑った。

「大丈夫、気にすることはない」

「しますよ!!」

そう言って自分の腕から逃れようとするアカネの仕草は可愛らしいが、これほど自分を好きにさせたことを思い知ればいいのに、というわけのわからない意地悪心が芽生えてしまう。

そして、引き下がる気はないと伝えるために、玉座《ぎょくざ》を見てみろとそっと耳打ちする。

「え？　は？　……あ、そ、そんな……」

アカネが、そんな馬鹿なと言いたげな顔になる。なんと親子そろって目に手を当てているので、誰とも目が合わない。

「……アカネ、目を閉じて」

デュアロスがアカネの頬を優しく包む。観念したアカネが目を閉じた瞬間、唇を触れ合わせる。

触れ合ったそこから疼《うず》きに近い痺《しび》れが広がり、デュアロスはさらに強くアカネの唇を貪《むさぼ》った。

あれだけ恥ずかしがっていたのに触れた唇は柔らかく、わずかに開いてまるで自分を誘っているようで、これで終わろうと思っているのに止められない自分がいる。

それでもなんとか唇を離してアカネを強く抱きしめれば、こちらを見ない体《てい》でいたはずの国王陛下と目が合った。

(……これは地味に恥ずかしい)

国王陛下はニヤリと笑う。

それから緞帳《どんちょう》の陰にいた宰相を指先一つで呼び寄せ、何やら耳打ちした。

くたりと力が抜けたアカネを支えながら、デュアロスは一体全体何事かと訝《いぶか》しんでみたが――答えは数分後にわかった。

「氷の伯爵を融《と》かした異世界の乙女に祝福を」

そう言って国王陛下から差し出されたのは、国王陛下と司祭の署名入りの、真新しい婚約証明書だった。

ただ国王陛下は、そのまま渡すことはしなかった。その場で二人に署名するよう厳命したのだ。

なんでそんな命令をしたのか言われなくてもわかっている二人は、それはそれは素直に従った。

第八章　幸せの鐘の音に乗せて誓い合う先は……

――玉座《ぎょくざ》の前で公開プロポーズをした半年後。

花々の淡い色彩が王都を埋めた春は過ぎ去り、今は日差しが眩《まぶ》しい初夏へと移り変わろうとしている。

そんな中、王都の大聖堂では色とりどりの花びらが風に舞い、新しい門出を迎える二人への祝福の鐘が青空に響き渡る。

本日は晴天。歴史に名を残す一大イベント。

氷の伯爵ことデュアロス・ラーグと異世界人アカネの結婚式である。


「〝何か新しい物〟〝何か古い物〟〝何か青い物〟〝何か借りた物〟……なるほど。これがサムシングフォーというものですか。ほほぅ、実に興味深いですね。ですが、なぜに青色を取り入れるんでしょうか？」

「あー……えっと、確か幸せを呼ぶ色だったかな？　あと青は清らかさを象徴する色だから……だったと思うけど」

「なるほど、なるほど。では我が国でそれに代わるものは銀となりますね。うへへっ……銀細工なら値幅があるからかなり売れ……おっと、何でもないです、うへへへっ」

手帳にペンを走らせるガダッド商会の代表者――ビフォエの目はギラギラと輝いている。

(この人、マジでお金になる話には食いつくなぁ)

過去最高にドレスアップしたアカネは、化粧が崩れるのを恐れてひとまず無表情でソファに座っている。

だがしかし、隣に立つ騎士の正装姿のデュアロスは、露骨《ろこつ》に眉間《みけん》に皺《しわ》を刻んだ。

「ビフォエ殿、いい加減席を外してもらおうか。不快だ」

「ええっ、そんなことおっしゃらずに！　あと少しだけ。頼み――」

「ダリ、摘みだせ」

「御意《ぎょい》に」

部屋の端っこで気配を消していたダリであるが、ご主人様の命令でつかつかとビフォエのもとに歩み寄ると、首根っこを掴んで廊下へと放り出す。

「ダリさん、力持ちですね。すごいです」

「お褒《ほ》めにあずかり光栄です。奥様」

茶目っ気のあるウィンクと同時にダリがそう言うと、アカネは「やだもうー奥様なんてぇ」と頬に両手を当ててくねくねし始める。

アカネの喜ぶツボをしっかり押さえる有能な執事に、主《あるじ》であるデュアロスは満足そうに頷いた。

だがしかし、新たな来客を察し、小さく舌打ちする。

「やっほー、デュアとアカネちゃん。来るなって言われてたけど来ちゃった……って――うわっ」

無断で新郎新婦の控え室の扉を開けてひょっこりと顔を出したのは、この国の王太子ラガートだ。

だが、部屋に足を踏み入れようとした途端、別の来客者にタックルをかまされ廊下に転がった。

「アカネ様！　お久しぶりでございますわ」

「ふふっ、お父様は行っちゃダメって言ってましたが、我慢できずに来ちゃいましたわ」

きゃぴきゃぴとした声を出したのは、ラガートの妹であるミンフェラとアズラーセである。彼女たちもまた王族であり、この国の王女であったりする。

ちなみにこの王族御三方は警備の都合上、式には招待していない。

「……あれほど足止めするよう陛下に願い出たというのに……くそっ」

ヒールの音を響かせアカネに抱きついた王女二人を見ながら、デュアロスは力任せに眉間《みけん》を揉《も》んだ。


アカネとデュアロスが無事に婚約してから、今日までの半年間。それはそれは目まぐるしい日々だった。

それは挙式の準備もさることながら、アカネが元の世界での知識を伝えるのに忙しかったからである。

といっても、学者でも教授でもないアカネが持っている知識などたかが知れている。

当然、文明を大きく進歩させるような画期的な情報など伝授できない。だが、街を活性化させる程度の知識は持っていた。

義務教育の大切さという真面目なものから、元の世界の万能調味料まで。ありがたいことにマヨネーズは国王陛下も大変気に入ってくれたので、近いうちに商品化してもらえるらしい。

ちなみに、親友よろしく部屋に飛び込んできたミンフェラとアズラーセは、アカネが何の気なしに話したフリーペーパーというものをいたく気に入り、現在、編集者として王都のプチ情報を都民とその近郊に広めていたりする。ロイヤル感はないが、大変好評だ。時々アカネもお手伝いをさせてもらっている。

「――アカネ様。本当に真っ白のドレスなんですね」

「てっきり、わたくしはデュアロス様の瞳と同じ色にすると思ったんですが。でも、純白も素敵ですわ」

「ありがとうございます。私、結婚式には絶対に白って決めてたんです」

不思議そうな顔をするミンフェラとアズラーセに向かい、アカネはにこっと笑う。

フィルセンド国では結婚式の際、花嫁が纏《まと》う衣装は花婿の髪や目の色、または家紋の色がポピュラーだったりもする。

ただ、アカネはどうしても白いドレスを着たかった。なぜなら――

「白って〝あなた色に染まります〟っていう意味があるんです。だからデュアロスさんに無理を言ってこの色を選ばせてもらったんですよ。ね？」

首を捻《ひね》ってソファの背後に立つデュアロスに同意を求めれば、すぐさま今日の日差しよりも眩《まぶ》しい笑みが返ってきた。

ご存じのとおり、今日のデュアロスは花婿である。そして竜伯爵は元を辿《たど》れば一介の騎士だったので、衣装は騎士の礼装である。

裁判のときの騎士服も素晴らしかった。だがしかし、真っ青なマントと白と金を基調とした今日の彼の姿は、その三十五倍は輝いている。

（……スマホ。やっぱ欲しい）

アカネは電車に轢《ひ》かれる寸前、手に持っていたスマホを滑り落としたことを心底悔《く》やんだ。でも仮に持ってきていたとしても、一年以上放置すれば、さすがにバッテリーは切れるという現実を思い出し、仕方ないかという結論に至る。

そんなふうにアカネがデュアロスに釘付けになっている間、王族御三方は黙って城を抜け出した責任を押し付け合っている。

「あのう……せっかくだから参列してもらったら駄目ですか？」

兄弟喧嘩《げんか》がヒートアップしてきたことに不安を感じたアカネは、そっとデュアロスに耳打ちする。

待つこと数秒。花婿は苦々しい表情を浮かべながらも、花嫁の提案を呑むことにした。と同時に、柱時計が開式の時刻を告げる。

仲直りした王族兄弟を見送ったデュアロスとアカネは揃って、大聖堂の正面扉へと移動した。

フィルセンド国にはバージンロードがない。式の際には新郎新婦が揃って祭壇に向かう。

余談ではあるが、本日式を取り仕切る司祭は、裁判の際にまさかの馬鹿力を見せてくれた信者代表のお爺《じい》ちゃんだったりする。

「――デュアロスさん、緊張してますか？」

カツ、コツ、と靴音を響かせて廊下を歩きつつアカネが問えば、デュアロスは「まさか」と言って笑う。

「この日を迎えることをずっと待ち望んできたんだ。予行練習は頭の中でもう百回はやっている。緊張もしていないし、式の最中だって何一つ失態を演じることはないだろう」

「あははっ」

緊張している自分を冗談でリラックスさせようとしているのだと思ったアカネは軽やかに笑う。だがしかし、デュアロスはガチで脳内演習をやっている。

まぁ、それを懇切丁寧に説明する必要はないので、デュアロスも何も言わずふわりと笑う。ただ、次に発したアカネの言葉にデュアロスの顔は引きつった。

「ミゼラットさんは来てくれるかな」

「……私としては、欠席してくれることを望んでいる」

ミゼラットの父親は未だにデュアロスの補佐である。だから今日の式には出席する。しかし、娘であるミゼラットが出席するかどうかは大聖堂の扉を開けてみなければわからない。

「んー、私としても微妙な気持ちはあるけど、来てくれたらやっぱり嬉しいなぁ」

媚薬《びやく》の一件と悪評を広めたことは、なかったことにはできない。

でもここ最近、コスプレイヤーミゼラットと会う機会が増えたおかげで、彼女とは個人的にお喋《しゃべ》りをしている。

何かにつけて敵意を剥《む》き出しにするミゼラットだが、コスプレイヤーとしては天賦《てんぷ》の才があるので、アカネはそこは素直に尊敬している。

それと美容に関する情報共有をしているときは意気投合することも多々あり、二人の間柄は良好ではないが悪くもない。でも、ミゼラットに恋人ができれば好転する可能性は大だ。

そんなことをポツポツと語りながら歩いていれば、大聖堂の正面扉はもうすぐだ。

アカネはここに来てピタリと足を止めた。

「デュアロスさん」

「なんだい、アカネ」

不可解な行動を取るアカネにデュアロスは訝《いぶか》しむ様子もなく、穏やかな眼差しを向ける。そんな彼に身体ごと向き合ったアカネはびしっと片手を上げた。

「私、宮坂朱音はデュアロス・ラーグを夫とし、病めるときも健やかなるときも、あなたを愛し癒《いや》し支え続けることを誓います！」

背筋を伸ばしてそう宣言すると、デュアロスは目を丸くした。

「えへへっ、やっぱり神様に誓おうとしても、私はどうしたって異世界人ですから。どっちの神様に誓っていいのかわからなくて……。だから世界中で一番、誠実でいたいって思うデュアロスさんに誓うことにしました。あ、でも式ではちゃんと神様に――」

照れながら話していたが、デュアロスが今にも泣きそうな表情になったため、アカネは慌てて訂正しようとする。が、途中でぎゅっと強く抱きしめられてしまった。

「ありがとう。アカネ」

「いえ」

「私も」

「ん？　……ひゃっ」

抱きしめられたまま、ふっと耳元に熱い息を吹き込まれてアカネは身をくねらせる。

デュアロスはさらに抱きしめる力を強くして、先ほどアカネが口にした宣言をそのまま小さな耳に注いだ。

祝福の鐘が絶え間なく鳴る。

大聖堂からは二人の入場を今か今かと待つ招待客のざわめきが聞こえてくる。そんな中、アカネとデュアロスは見つめ合い――そっと口づけを交わした。

RC
Regina COMICS
メイドから母になりました
1〜8
大好評
発売中!!
原作 Seiya Yuzuki 夕月星夜
漫画 Asuka Tsukimoto 月本飛鳥
アルファポリスWebサイトにて
好評連載中!
メイドから母になりました 8
夕月星夜
月本飛鳥
転生して凄腕メイドになった元女子高生。
誘拐未遂がキッカケで恋が動き出す!?
シリーズ累計45万部突破!! 子育てファンタジーコミカライズ!
アルファポリス 漫画
検索
(電子含む)
シリーズ累計49万部突破!
子育てファンタジー
待望のコミカライズ!
異世界に転生した、元女子高生のリリー。
ときどき前世を思い出したりもするけれど、
今はあちこちの家に派遣される
メイドとして活躍している。
そんなある日、王宮魔法使いのレオナールから
突然の依頼が舞い込んだ。
なんでも、彼の義娘《むすめ》・ジルの
「母親役」になってほしいという内容で——?
B6判・各定価:748円(10%税込)

[原作] 夜船 紡
[漫画] 園太デイ
RC Regina COMICS
とある小さな村のチートな鍛冶屋さん 1
大好評発売中!
アルファポリス webサイトにて好評連載中!
待望のコミカライズ!
ある日、神様の手違いで命を落とし、異世界に転生したメリア。神様はお詫びに、10歳の体と憧れていた鍛冶スキルを与えてくれた。毎日大好きな鍛冶ができるなんて、最高すぎる! と、日々を満喫していたメリアだったけれど、実は彼女の鍛冶スキルは超チート。周りが放っておかなくて——!?
アルファポリス 漫画 検索
B6判/定価:748円(10%税込)
ISBN:978-4-434-29514-0
とある小さな村のチートな鍛冶屋さん 1
[原作] 夜船 紡
[漫画] 園太デイ
愛され転生少女の異世界のびのび創作ぐらし!!
神様印の鍛冶スキルでレアアイテム作ります!

RC
Regina COMICS
令嬢はまったりをご所望。
1~3
原作 三月べに
漫画 梶山ミカ
シリーズ累計
36万部!
(電子含む)
アルファポリスWebサイトにて
好評連載中!
もふもふファンタジー
待望のコミカライズ!
過労により命を落とし、とある小説の世界に悪役令嬢として転生してしまったローニャ。彼女は自分が婚約破棄され、表舞台から追放される運命にあることを知っている。
だけど、今世でこそ、平和にゆっくり過ごしたい!
そう願ったローニャは、小説通り追放されたあと、ロトと呼ばれるちび妖精達の力を借りて田舎街に喫茶店をオープン。すると個性的な獣人達が次々やってきて——?
B6判・各定価:748円(10%税込)
大好評発売中!
アルファポリス 漫画
検索
まったりライフにトラブル続出!?

この作品に対する皆様のご意見・ご感想をお待ちしております。

おハガキ・お手紙は以下の宛先にお送りください。

【宛先】

〒150-6008 東京都渋谷区恵比寿 4-20-3 恵比寿ガーデンプレイスタワー 8F
（株）アルファポリス　書籍感想係

メールフォームでのご意見・ご感想は右のＱＲコードから、
あるいは以下のワードで検索をかけてください。

アルファポリス　書籍の感想　検索

ご感想はこちらから

本書は、「アルファポリス」（https://www.alphapolis.co.jp/）に掲載されていたものを、
改稿のうえ書籍化したものです。

一宿一飯《いっしゅくいっぱん》の恩義《おんぎ》で竜伯爵様《りゅうはくしゃくさま》に抱《だ》かれたら、なぜか監禁《かんきん》されちゃいました！

当麻月菜（とうまるな）

2021年 11月 5日初版発行

編集ー塙綾子
編集長ー倉持真理
発行者ー梶本雄介
発行所ー株式会社アルファポリス
〒150-6008 東京都渋谷区恵比寿4-20-3 恵比寿ガーデンプレイスタワー8F
TEL 03-6277-1601（営業） 03-6277-1602（編集）
URL https://www.alphapolis.co.jp/
発売元ー株式会社星雲社（共同出版社・流通責任出版社）
〒112-0005東京都文京区水道1-3-30
TEL 03-3868-3275
装丁・本文イラストー秋鹿ユギリ
装丁デザインーAFTERGLOW
（レーベルフォーマットデザインーansyyqdesign）
印刷ー図書印刷株式会社

価格はカバーに表示されてあります。

落丁乱丁の場合はアルファポリスまでご連絡ください。

送料は小社負担でお取り替えします。


ISBN978-4-434-29519-5 C0093